I0525443

Jota

o

Los Ruidos de la Soledad

Odell Carlos
  Jota o Los ruidos de la soledad / Carlos Odell. Edición literaria a cargo
  de Luis Videla - 1ª ed. Buenos Aires: elaleph.com, 2014.
  160 p.; 21 x 15 cm.

  ISBN 978-987-1701-79-7

  1. Narrativa argentina. 2 Novela. I. Videla, Luis Pedro, ed. lit. II. Título

  CDD A863

Queda rigurosamente prohibida, sin la autorización escrita de los titulares del copyright, bajo las sanciones establecidas por las leyes, la reproducción total o parcial de esta obra por cualquier medio o procedimiento, comprendidos la fotocopia y el tratamiento informático.

© 2014, Carlos Odell
© 2014, elaleph.com (de Elaleph.com S.R.L.)
© 2014, Imagen de cubierta: fotografía de la escultura de
        Manuel De Francesco, propiedad del autor.
© 2014, Luis Pedro Videla, Edición literaria.

contacto@elaleph.com
http://www.elaleph.com

Para comunicarse con el autor: carlosodell@gmail.com

Primera edición

ISBN 978-987-1701-79-7

Hecho el depósito que marca la Ley 11.723

Impreso en el mes de octubre de 2014 en
Bibliográfika, de Voros S.A.
Barzana 1263. Buenos Aires, Argentina.

CARLOS ODELL

JOTA
O
LOS RUIDOS DE LA SOLEDAD

el**aleph**.com

A mis hijos Vicky, Agus,
Tommy y Connie,
y a Silvia, que silenciaron
los ruidos de mi soledad.

Agradecimientos

A M. Elena V. de la Rosa, Adriana Diaz Pavicich, Fernando Perez Morales y Eugenio Monjeau, que con sus observaciones durante la gestación me ayudaron a enriquecerla.

A Nicolás Fossatti, que me dio una gran mano con los textos jurídicos.

Jota abrirá la escalerita de madera y subirá al último estante a buscar una foto de cuando tenía barba. Encontrará en cambio un cuaderno viejo con papeles y escritos en su interior. Lo revisará. Repasará sus anotaciones, sus relatos y sus recortes prolijamente ordenados. Cada tanto suspirará y buscará con su mirada hacia arriba alguna imagen. Algunas veces permanecerá tres y hasta cuatro minutos, con las pupilas fuera de foco, mirando hacia la nada. Recordará que en un momento pensó que intentaría publicarlo. Al cabo de varias horas juntará el montón de papeles en una bolsa de residuos que abandonará junto a un árbol. A los diecisiete minutos pasará el recolector de basura que la revoleará dentro de la caja del camión haciéndola estrellar contra una de sus paredes interiores. Seis minutos después la pala compactadora la aprisionará contra restos de vidrios, cáscaras de futa y envases vacíos de tomates perita, leche descremada y bolsas de compras de Falabella, de Coto, y de Granja La Ilusión. Algunos de los papeles quedarán artísticamente impregnados en las paredes del camión mezclando distintos colores que comenzarán a oler a podrido. Dos horas y cuarenta y cinco minutos más tarde pasarán a formar parte del relleno del Cinturón Ecológico a un costado de la Autopista del Buen Ayre, en el km 27, a la altura de la Ruta 8. Su metamorfosis ya no será metatextual sino biológica.

Unos Señores

POCH POCH POCH en la puerta y yo nada. *CAP CAP CAP* en la ventanita de vidrio y yo, nada.

AFUFA AFUFA, hacía la chapita vaivén del buzón mientras alguien desde afuera la movía con dos dedos, intentando mirar adentro. Y me fui corriendo al diccionario.

(Diccionario de la Real Academia Española, vigésima segunda edición.)

poch. Del maya *poch*, goloso, hambriento. Adj. Ansioso (el que tiene ansia o deseo vehemente de algo).

cap. Jurado en cap. m. En la colonia de Aragón, primero de los jurados, que se elegía de los ciudadanos más ilustres que ya habían sido insaculados en otras bolsas de jurados, y que tenían 40 años cumplidos.

afufa. (de afufar) Coloq. Huida (acción de huir) estar sobre las afufas fr. Estar preparado para la fuga, disponiendo lo

más seguro para huir y escaparse. Tomar las afufas fr. Coloq.
Huir (alejarse de prisa).

Jueces, jurados ansiosos, ciudadanos ilustres, huir, fugarse...
A mí los ruidos me suenan con significado. Es como si las
cosas con sus ruidos me mandaran mensajes. Sabemos
que estás ahí. Abrí, Jota. ¿Quién es? Abrí y te explicamos.
Tenía que pensar algo urgente. No está mi mamá, y tengo
prohibido abrirle la puerta a nadie, les dije.

*Trataba de sostener una voz clara y firme. Primero un silencio,
creo, y luego una discusión entre dos o tres personas detrás
de la puerta. Pero no podía decirles la verdad: que mi mamá
no estaría nunca.*

Primero silencio, y luego un murmullo entre dos o tres personas detrás de la puerta. Pero no podía decirles la verdad:
que mi mamá no estaría nunca.

Mi Casa

Vivo en esta casa desde que nací. Es una linda casa, con
dos dormitorios y una biblioteca llena de libros. Afuera
tiene un patio, desde donde se accede por una escalera a
otro cuarto, donde dormía mi abuelo, Tato. De allí salía
otro más chiquito, donde él tenía sus herramientas y
un pequeño laboratorio fotográfico donde revelaba sus
propias fotos en blanco y negro. En el patio me gustaba
patear una pelota de goma, con la que ensuciaba las pare-

des practicando distintos juegos y compitiendo conmigo mismo. A veces le daba órdenes, que fuera para un lado o para el otro, y si no las cumplía, le pegaba puntapiés para que me obedeciera. Le hablaba como si tuviera vida, por eso, cuando le pegaba muy fuerte me arrepentía y la trataba mejor, pero después, si no me obedecía, volvía a darle con más fuerza.

Ella se vengaba. Rebotaba en las paredes, de las que salían sonidos como *MEMO, TOLETE, PACOTA*.

> **memo.** (Voz que imita el tartamudeo). Adj. Tonto, simple, mentecato.
>
> **tolete.** 7. Adj. Tardo y torpe para entender.
>
> **pacota.** 2. Persona o cosa insignificante y de poco valor.

Entonces prefería que no me obedeciera, así podía patearla con todas mis fuerzas, superando mis mejores récords de rebotes.

Mi padre se fue cuando yo era muy chico, así que no me acuerdo nada de él. No tenemos parientes cercanos. Sólo Filomena, una tía lejana que vive en las Sierras de Córdoba con la que mi mamá hablaba por teléfono cada tanto. Una vez vino a Buenos Aires y se hospedó en casa. Toda su ropa tenía un olor penetrante que después me dijeron que era naftalina. Invadió toda la casa con ese olor, que se confundía con el humo de sus cigarrillos. Me divertía escondiéndole los atados y el encendedor, pero el problema era que al buscarlos provocaba en la casa una revolución de objetos, que cambiaba de lugar y que parecían revelársele para ocultar aún más su asqueroso paquete de cigarrillos.

Así es como empecé a notar que los objetos, al chocar entre ellos, producen sonidos que a veces coinciden con palabras. Palabras inclusive que muchas veces no conozco, pero que luego busco en el diccionario y compruebo que existen. Una vez le dije a mi abuelo decile que los cigarrillos están en el canasto de la ropa sucia, el se lo dijo, yo me había escondido allí adentro y cuando Filomena empezó a revolver el canasto, saqué una mano con el paquete a través de la ropa. Los gritos que pegó hicieron reír a mi abuelo, que no la soportaba. Lo peor era que quería que las cosas más bobas, como el lavado de los platos, el barrido del comedor o la distribución de los vasos se hicieran a su antojo. A partir de ese momento cada vez que hablo con Filomena por teléfono siento un olor mezcla de naftalina y puchos viejos.

En las tardes de invierno Tato solía prepararse un whisky y llevárselo junto a un libro a la chimenea. Leía y miraba el fuego, recordaba. Cuando estaba por terminar su vaso, se quedaba dormido. Filomena aprovechaba y pasaba rápido a sacárselo con la excusa de que había que lavarlo, y en el camino se tomaba lo que quedaba. Una vez me apuré, cambié el whisky por agua con detergente amarillo, y me quedé esperando detrás de un sillón. Cuando vino Filomena, se llevó el vaso. En el momento de retirarlo, los hielos chocaban entre sí y hacían un ruido: *TRA-PA-LA-TRA-PA-LA.*

    trápala. 3. Coloq. Embuste, engaño.

Pero la tía Filomena no reconocía palabras en los ruidos que hacían los objetos. Corrió hacia la cocina, desde donde se escuchaban sus gárgaras. Llamé a mi abuelo, que vino conmigo detrás del sillón, y desde allí la espiábamos. Frente a la pileta de la cocina, cabeza arriba, gritaba ¡AAAAAAHH! con la boca abierta y el agua en su garganta que sonaba como burbujas, mientras nos reventaba la panza de risa. Nunca protestó, pero nunca más volvió a tocar el vaso de whisky.

Mi Madre

Un día mi madre me sentó a los pies de su cama y me dijo mirá, Jota, vos sabés que estoy muy enferma, tenés que saber qué hacer si me pasa algo y Tato no te puede atender.

Ya aprendí que cuando los grandes dicen "si me pasa algo" es porque quieren decir "si me muero". Yo creo que es mejor llamar a las cosas por su nombre. No creo que la muerte se sienta atraída porque la nombremos. No va viajando por ahí y cuando alguien la nombra se acerca. Realmente a veces los grandes son bastante tontos.

Con otras palabras, mi madre me contó que se estaba por morir. Yo ya lo sabía desde hacía unos meses. La había acompañado al médico y mientras esperábamos que la atendieran, me pidió que le retirara unos estudios.

LABORATORIO
HIDALGO
AnálisisClínicos

PACIENTE   : JOSEFINA H. DE PERALTA
PROTOCOLO : 029-2103016/0
MEDICO   : ALONSO JARDES GUSTAVO   FECHA:18 de agosto de 2007

Determinación	Resultado	Unidad	Valor de Referencia
Otros:	No se observan		

s

ANÁLISIS HEMATOLÓGICO
INDICADORES ONCOLÓGICOS

ÍNDICES OBTENIDOS   **VALORES NORMALES**

HCG	12000	1000-5000
CA-125	25%	12-18%
AFP	25000 ng/ml	67000 ng/ml

HCG: muy alto en relación a los valores normales
CAF-125: porcentaje que duplica el valor normal
AFP: muy alto en relación a los valores normales

Protocolo validado electrónicamente por la Dra MARIANA HIDALGO MP 3348.
El presente documento es copia del original que se encuentra registrado en el laboratorio.

Página   3

➡ **Resultados por internet,**   Solicite su clave:
en la web y por mail.   **Pacientes:** Cuando se presenta en recepción a realizarse el análisis
                                    Médicos: Por teléfono o por mail a atencionamedicos@laboratoriohidalgo.com

Como todas las anotaciones del médico decían que los valores no eran normales, me di cuenta de que mi madre no estaba bien. Le llevé los estudios sin decirle que los había mirado, pero cuando la atendió su médico traté de escuchar por atrás de la puerta. No se oía nada, pero tardaba mucho, demasiado. Esperé un buen rato allí, hasta que abrí la puerta del consultorio justo cuando el médico decía algo de unos meses y me pareció que mi madre estaba llorando, porque tenía los ojos rojos, la cara como deformada y un pañuelo todo arrugado en la mano. Yo me hice el que no había visto nada. Con cara muy seria, el médico me dijo que esperara afuera. Me quedé en la sala de espera preguntándome si "unos meses" eran los que mi madre tardaría en curarse o era lo que le quedaba de vida.

Unos meses después, ella fue sola al médico y cuando volvió tenia de vuelta la cara deformada y los ojos rojos, y pese a que se esforzaba por hacer una sonrisa con la boca torcida para que yo no la viera mal, me di cuenta igual. Entonces supe que me quedaba poco tiempo con ella.

Recordé sus discusiones con mi abuelo para que dejara de fumar. Paco fuma desde los veinte años y miralo, con sus ochenta, y Miguel se murió de cáncer de pulmón y no fumaba, decía, todo depende de que tomes tus decisiones basándote en estadísticas o en paradojas, hija. Imaginate que tenés que elegir entre dos paredes: una azul y una roja, las dos con diez puertas iguales; pero en la pared azul, nueve puertas te salvan la vida y una te lleva a la muerte, y en la pared roja a la inversa, nueve puertas te llevan a la muerte y una te salva la vida, ¿qué elegirías?, salvo que se trate de un demente o un suicida, cualquiera elegiría la pared azul, porque en esos casos son la estadística y el cálculo de probabilidades los que nos dicen qué nos conviene hacer, por más que la paradoja nos muestre al que murió por elegir la única puerta incorrecta en el cuarto azul. Pero para el final de todo ese razonamiento ya mi madre se había ido a su cuarto a prender otro cigarrillo.

Después de leer los resultados de esos estudios tuve mucho miedo y lloré mucho, toda la noche, pero al día siguiente me bañé apenas me levanté y mi madre no se dio cuenta. Sentí una especie de dolor a los costados del pecho, que mi madre dice que es angustia. Ahí me di cuenta de que los diferentes sentimientos se sienten en distintas partes del cuerpo. Por ejemplo, la angustia, a los costados, como algo que presiona desde afuera hacia el centro. La tristeza se siente más en el centro del pecho, como si lo hundiera, y sigue por adentro hasta la base de la garganta. A la felicidad yo la siento en un soplo de aire. Levanto la cabeza y respiro, y cuando estoy feliz siento ese aire que me pasa por la nariz, y entonces lleno mis pulmones, y miro hacia adelante. Mi abuelo decía que tanto a la felicidad como al sufrimiento había que tratarlos en perspectiva, a futuro. Mientras uno los está sintiendo, no hay que darles el valor que uno les da cuando los vive sino el que les va a dar cuando los recuerde. Decía que el sufrimiento disminuye con el tiempo, y que si nos damos cuenta de ello en el momento de vivirlo, lo vamos a saber manejar mejor. Y que, al revés, los tiempos felices los valoramos más en el recuerdo que en el momento de vivirlos, y que si logramos disfrutarlos pensándolos como los recordaremos después, podremos lograr vivir un estado superior de felicidad. Pero no es tan fácil hacer lo que decía mi abuelo.

El miedo lo siento atrás, en los hombros. Y la alegría en la garganta. Esa noche, que no me podía dormir, me puse a dibujar un mapa del cuerpo humano con las diferentes zonas de acuerdo al sentimiento y el lugar donde se siente. Me quedó así:

MAPA DE LOS SENTIMIENTOS

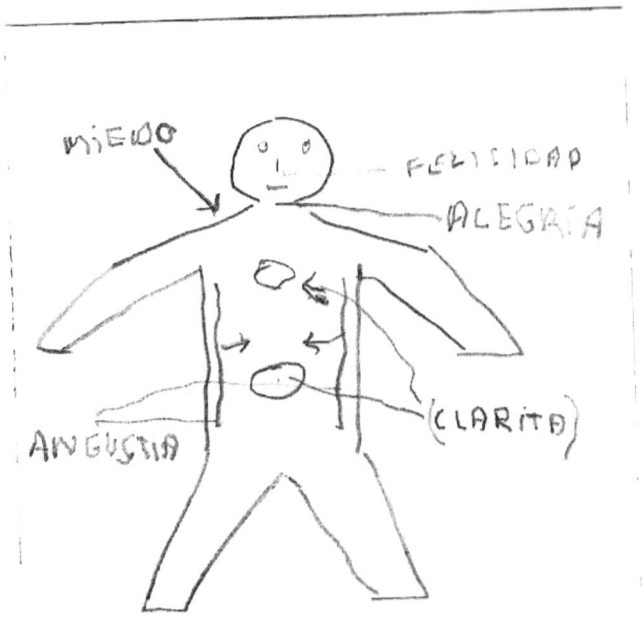

A la noche siguiente lloré un poco menos, y así todas las noches siguientes. Ahora no lloro más, porque me di cuenta de que al final con llorar no voy a curar a mi madre.

Fue una tarde de un sábado de sol, una tarde en la que trataba de estudiar botánica, encerrado en mi habitación. Estaba inquieto. Leía varias veces el mismo párrafo porque no podía concentrarme.

Cada cosa y cada rincón de mi cuarto me llevaba a infinitos mundos de los que me costaba volver. Cada mínimo sonido me hacía poner la mente en blanco y me quitaba el poder de concentración que necesitaba para diferenciar el pistilo del carpelo de la flor. De repente, uno de los murmullos lejanos cambió el tono. Las palabras se acortaron, aumentaron de volumen, y los verbos, indicativos o subjuntivos en los primeros comentarios, de golpe se escucharon en Modo Imperativo. Abrí la puerta para escuchar. Mi abuelo, con voz urgente, pedía un taxi por teléfono. Mi madre aullaba. Tenía un fuerte dolor de cabeza.

Mi abuelo pidió un taxi mientras mi madre lloraba, partimos todos. En el trayecto el chofer intentó una conversación sobre el mal tiempo consecuencia del calentamiento global que mi abuelo abortó rápido, cortante, enojado. Fuimos a un hospital que estaba cerca de casa, ya era casi de noche, el taxi entró por la guardia, los enfermeros acomodaron a mi madre en una camilla y mi abuelo se quedó con su cartera. Como ella no podía hablar, un enfermero le pidió los documentos, mi abuelo se los dio y el enfermero partió con ellos, mientras tanto, la llevaron a la sala de terapia intensiva, me quedé con ella, viéndola dormir, y pensé que durmiendo ya no le dolería tanto la cabeza. Un médico pasó y le dijo a la enfermera si pasa de 120 pulsaciones estamos en problemas, y si baja de 60 también. Señaló un aparato que marcaba 110. Yo me quedé mirándolo, bajaba a 80, subía a 120, yo salía corriendo, volvía a bajar, venía la enfermera, se iba, subía a 130, volvía a correr, no me vengas a buscar, Yo sé cuando tengo que venir, nene, pero está en 130 señora, ahora 137, mire, bueno esperá que llamo al médico, sube a 140, llega el médico, se va, baja a 118, vuelve, le da una inyección, baja a 90, sube, baja, sube, sube, sube, me enloquece.

De pronto mamá se despertó, me miró y me dijo el verdulero me cobró de más, por qué está en mi dormitorio, no está el verdulero, no es tu dormitorio, soy yo, pero ella me miraba con unos ojos que no me encontraban, una mirada perdida, intensa, fija, y con el ceño fruncido me dijo que lo llame a Jota, pero Jota soy yo, qué hace acá el verdulero, mamá, por favor, no hay nadie, y allí empezó a confundir palabras y a agarrarse la cabeza de dolor, un dolor que le estaba afectando sus pensamientos, porque recitaba frases sin sentido que me daban miedo.

Me acurruqué junto a ella y su silencio. En el piso, cerca de la cama, esperaban impasibles sus últimas sandalias. Se las veía tristes, solas, una juntita a la otra, dándose calor, haciéndose compañía, temerosas ante la posibilidad de no ser habitadas nuevamente por su dueña. De sus ojos cerrados salió una lágrima, la última. La disolví entre mis dedos. Era la exudación de su esencia. La tomé.

Lo único que yo quería en ese momento era que mi madre tuviera aunque sea durante cinco minutos la mente bien, y que se tranquilizara para poder hablarle, que me reconociera, que se despidiera de mí si se estaba muriendo, y que yo pudiera decirle que la quiero mucho y que iba a estar bien, que no se preocupara, pero ella empezó a decir cosas cada vez más raras, hasta que no le entendí nada, y se calló. Y en ese momento, aunque pensaba que ya no iba a poder llorar más, no pude aguantar, y las lágrimas me saltaron solas cuando acerqué mi mejilla a su boca abierta, floja, deforme y me di cuenta de que ya no respiraba. Supe que en realidad se había muerto antes, cuando me miraba pero no me veía.

Ya nunca tendría esos cinco minutos que tanto necesitaba para despedirme.

La vida es lo que nunca es siempre.
La muerte consciente es la muerte ajena. La idea de la propia deja de existir en el mismo momento en que sucede.

MI ABUELO

Tato, que ya estaba muy viejito, era la persona más buena del mundo. Vivía con nosotros, y me contó que sufrió mucho cuando se fue mi padre. Nunca lo comprendió. Yo tampoco. Tenía un cuarto lleno de herramientas, y hacíamos trabajos juntos. Me enseñó, por ejemplo, que el martillo se agarra como dándole la mano a una persona, primero me enseñó a dar la mano de manera firme, extendiendo el brazo hacia adelante, con toda la mano, no con la puntita, che, así la dan los mentirosos; me dijo que conviene ponerle jabón a la sierra del serrucho para que corra mejor al cortar una madera, que la madera debía estar firme, para lo que convenía ponerla sobre un banquito y pisarla con el pie izquierdo; que para clavar es mejor agarrar el clavo con la pinza y no con la mano; me enseñó a medir el diámetro de los tornillos con el calibre para elegir la mecha y el tarugo para agujerear la pared, que debía hacerlo con mecha de vidia, que yo no tenía la menor idea de lo que era, y a propósito le pedía la mecha de envidia y él se reía; que el cemento de contacto había que esperarlo a que se seque hasta que el dedo no se pegue y ahí recién juntar las partes; y un montón de cosas más que me vienen a la memoria y ahora me sirven para arreglarme solo y hacer reparaciones en mi casa.

En ese cuarto mi abuelo tenía un taller de fotografía. Todavía conseguía, no sé dónde, negativos en blanco y negro, y revelábamos y ampliábamos las fotos como se hacía antes. Era muy divertido ver cómo bajo la luz roja iban apareciendo las imágenes en el papel fotográfico sumergido en el líquido revelador. El olor a ácido acético del fijador (cuando no teníamos usábamos vinagre blanco) era muy especial, y ahora cuando le pongo vinagre a la ensalada me acuerdo de las tardes que pasaba con mi abuelo viendo aparecer imágenes, juntos, solos los dos, envueltos en la luz roja.

Encerrados en nuestra inexpugnable torre de marfil, intocables, inalcanzables. Protegidos por un aura. Juntos en nuestra compartida soledad.

El acto de la revelación de fotos era sagrado. Nada ni nadie podía interrumpir ese momento, más importante que cualquier otra cosa. Una vez que empezaba, nadie podía abrir la puerta sin permiso, un sacrilegio decía mi abuelo, un pecado muy grande, decía, pero no creía ni en pecados ni en sacrilegios. Antes de enseñarme a usar la ampliadora, me hizo una cajita con la que copiaba mis propias fotos. Había que sacarlas con una cámara vieja de negativos grandes de cuatro por cuatro. Tenía que sacar doce fotos para aprovechar todo el rollo. La cajita era así:

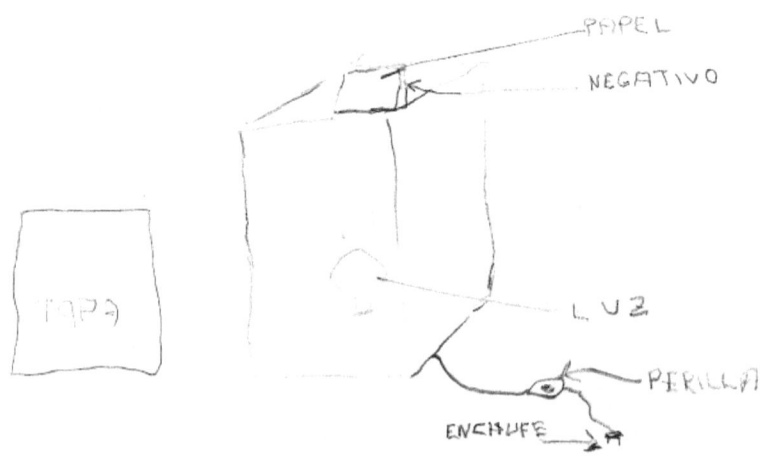

Adentro tenía una lamparita cubierta por una tapa de vidrio, y había otra tapa de madera arriba. Cortábamos un pedazo de papel fotográfico del mismo tamaño que el negativo y poníamos uno sobre otro con la emulsión (es la parte que se imprime con la foto) hacia abajo. Si no sabía de qué lado estaba la emulsión me mojaba con la lengua el dedo, y tocaba las dos caras. La emulsión era donde se quedaba pegado. Prendíamos un segundo la lamparita. Luego sacaba el papel y lo ponía en la batea del revelador. Si se quemaba, o sea, si se ponía toda negra, era que teníamos que darle menos tiempo de luz. Si quedaba muy blanca, era que teníamos que darle un par de segundos más. Y así, sin ampliadora, hacía mis propias fotos. Un milagro, y mi abuelo, un gigante-genio.

El tiempo transforma los momentos felices en tiempos melancólicos. Es el lugar donde el olvido se hace amigo de la soledad.

Al poco tiempo de morir mi madre, empezó a quedarse cada vez más tiempo en cama. Le costaba mucho, pese a sus esfuerzos, levantarse y caminar. Cuando estaba acostado me miraba con una expresión que parecía pedir disculpas por no poder hacer algunas de esas cosas que hacíamos juntos. Empeoraba cada día.

Me costaba creer que esa mole de un metro ochenta y cuatro centímetros de cariño estuviera de pronto postrado en una cama sin poder moverse.

Cuando dormía, respiraba haciendo unos ruidos feos y un silbido grave y ronco que me hacía mal al escucharlo, *AGURRRRRR- AGURRRRRR*

> **agur**. (Del eusk. *agur*, y este del lat. Augurium). Interjección usada para despedirse.

¿Todos me van a dejar?

Entonces llegó el día en que mi abuelo supo que se iba a morir, y me lo dijo. También que iba a hablar con un juez para que se ocuparan de ubicar a mi padre, y que si no podían encontrarlo o se enteraran de que estaba muerto, me llevarían a un hogar para niños huérfanos hasta que un matrimonio que no pudiera tener hijos me quisiera adoptar, porque estaría mejor con ellos que con la tía Filomena. Le dije para qué, no necesito que nadie me adopte, sé ir solo al colegio y me sé preparar la comida, es imposible que un chico de doce años viva solo che, cof, cof, toses y dolores y agurrrr, agurrrr, me imagino que eso debe estar fuera de la ley, y a mí qué me importa, pero dejé de responderle, porque no había que contradecir a alguien que se estaba muriendo, y le dije sí, quedate tranquilo, todavía falta mucho tiempo, voy a hacer todo lo que me pediste, Tato, tomá un pañuelo y descansá, yo (no le dije), voy a hacer mis planes.

Inmimencia, inmanencia, inminente, inmente, inmentable, impensable, inmutable, imputable, imputeable, inmorta-

ble, impotencia. Repetirlas hasta perderlas. Perderlas hasta reparirlas, reparirlas y pudrirlas. Repudrirlas, reputearlas, reprimirlas, repudiarlas, reputrirlas, repartirlas.

Ya sé que está mal mentir. Pero me di cuenta de que las enseñanzas de los mayores no se pueden cumplir al pie de la letra. Por ejemplo, una de las primeras cosas que nos enseñan es a no mentir. No puedo evitar mentirle y decirle que no quiero ser adoptado, porque se va a morir sufriendo, y eso es peor que la mentira. Así como no puedo decirle al portero del colegio que tiene mal olor porque seguramente no se baña. Creo que inclusive hay veces que le miento a alguien porque lo quiero, o lo respeto.

Por ejemplo, una vez mi madre me pidió que al volver del colegio le comprara un remedio y me olvidé. Si le hubiera dicho la verdad, ella se hubiera puesto triste pensando que no me preocupaba por su enfermedad. Entonces le dije no lo tienen ma, me lo consiguen para más tarde. Me guardé la plata y lo fui a buscar un rato después. Se quedó contenta, y con una mentira le ahorré a mi madre una mala noche.

Una mañana me puse contento porque mi abuelo se había levantado por su cuenta. Mejoró, pensé, pero dijo que se iba al hospital y que tomaría un taxi ¡otra vez un taxi! Abandoné los útiles de la escuela y me fui con él. Cuando llegamos a la guardia, se desmayó, me acordé de mamá, todo igual, el taxi, la guardia, ahora los documentos, le metí la mano en su bolsillo y le saqué la billetera, justo antes de que viniera un enfermero a revisarlo, no tiene ninguna identificación, pibe, vas a tener que ir a la oficina de Admisiones a anotarlo, ahora voy, le mentí.

Acompañé a mi abuelo a la habitación donde lo estaban llevando, dormido, en una camilla con ruedas.

Al rato, igual que mi mamá, mi abuelo dejó de respirar. Cuando lo vi en la cama, como durmiendo, pensé con bronca que por qué no se moría alguien más malo; y prometí que si se despertaba y todo había sido un error yo iba a portarme bien y nunca iba a hacer una maldad a nadie; creía que si lo tocaba o le hablaba quizás todavía me contestaría y que era mentira que estaba muerto.

Pero no hubo caso.

Distraído caminando por la vida y me atropellan dos muertes, casi juntas, en tándem, las dos hijas de puta.

Entonces me agarró de nuevo esa sensación que empieza a los costados del pecho y se va apretando para adentro, y me acordé del mapa de los sentimientos. Era donde había dibujado la angustia. Pude sentir que las dos líneas me apretaban con más fuerza que nunca. Así estuve varias horas, hasta que empezó a entrar luz por una ventana. Se empezaron a escuchar los ruidos de la mañana, y me di cuenta de que si no hacía algo rápido iba a haber problemas porque me iban a llevar a un hogar para niños y de allí a la casa de un matrimonio que no podía tener hijos a la que no tenía ningunas ganas de ir por nada en el mundo.

Antes de salir fui al baño, y desde allí pude escuchar que se abría la puerta de la habitación y entraban dos señores que parecían médicos hablando entre sí. Me quedé en el baño antes de que me vieran, lo más quieto que pude porque me palpitaba el corazón tanto que tenía miedo de que se escuchara. La conversación entre estos dos hombres se ponía cada vez más violenta, hasta que uno gritó al otro traé un respirador, boludo, que se muere.

Mientras uno de ellos sale corriendo, siento los pasos del otro que viene para el baño, así que me meto en la bañadera detrás de la cortina. Ahora las vibraciones se me habían pasado para atrás, al costado de la espalda y un poco más abajo, donde había dibujado que se sentía el miedo.

Escuché un ruido de un chorro de líquido. El que había entrado se puso a hacer pis. Por suerte, tiró la cadena y salió enseguida, volvió el otro médico con un enfermero y una camilla, no está disponible el respirador artificial, hay que llevarlo urgente a Terapia Intensiva, rápido que se va, rápido que se va, rápido que se va te digo. Pero yo sabía que mi abuelo ya no respiraba, y que ya se había muerto, que ya se había ido.

A través de la puerta vi cómo salieron todos con la camilla por el pasillo hacia la izquierda, entonces salí detrás y me fui caminando hacia la derecha, despacito para que nadie sospechara nada.

La noche anterior habíamos llegado en taxi, a un hospital en el que nadie nos conocía. A mi abuelo no pudieron pedirle sus datos personales, y nunca fui a dejarlos a donde me ordenó el enfermero. Si alcanzaba la calle sin que me detuvieran, nadie iba a saber quién era el que acababa de morir y tendría más tiempo para pensar qué iba a hacer.

Recién amanecía. Los primeros ruidos del hospital iban apareciendo poco a poco, uno por uno, como instrumentos musicales sumándose a una orquesta que estaría a pleno para ejecutar un concierto una hora más tarde. Los empleados se movían lentamente, como desperezándose mientras comenzaban las primeras tareas de la mañana. Cada uno en lo suyo, nadie me miraba.

Subí a un ascensor viejo, grande, blanco y quejoso, que bajaba con esfuerzo. Subieron dos enfermeros y un paciente en bata que tenía un olor desagradable mezcla de desinfectante y transpiración. Hablaban entre sí. Lo más peligroso era pasar a través de la puerta de salida. Mientras estuviera dentro del hospital y caminara despacio y con decisión, nadie me iba a preguntar nada.

La puerta se abrió en la planta baja, y aunque no sabía hacia dónde ir, salí hacia la izquierda para parecer que sabía adónde iba y que nadie me quisiera ayudar. Llegué a un pasillo que salía hacia mi derecha y a lo lejos vi la luz del sol que me indicaba la salida. Caminé hacia ella. Cuando me acerco, veo que sobre el lado izquierdo hay parado un guardia, me pego hacia el otro lado para no cruzarme con él, siento su mirada, me apuro sin que se note, él camina hacia mí, pero mis pasitos rápidos le ganan a su fiaca de la mañana y vuelve sin ganas a su lugar.

En unos segundos, a media cuadra del lugar, ya me sentía victorioso.

Llegué a casa, durante todo el trayecto había estado mirando atrás para ver si alguien me seguía, pero no.

Ahora venía lo más difícil.

Tenía el cuerpo listo con la soledad esperando que llegase el dolor, pero no tuve tiempo para el dolor, antes llegó el abismo.

Todavía estaba a tiempo de llegar al colegio. Estaba cansadísimo, pero si no iba podrían llamar a casa y no quería. Todo tenía que aparentar ser normal. A la vuelta tendría tiempo de hacer planes.

El Colegio

Nunca disfruté demasiado el colegio. Tenía mis días buenos, pero eran más los malos. No me considero para nada un *nerd*, pero a veces mis compañeros de clase me lo hacían sentir. Mis preguntas en general causaban gracia. Ya estaba acostumbrado *¿acobardado?* a escuchar el murmullo de risas que comenzaba al terminar de hacer mi pregunta. Salvo dos o tres chicas y algún compañero, la única que las tomaba en serio era mi maestra. Y si bien la pregunta normalmente generaba una explicación interesante, en lugar de ganar admiración o respeto de mis compañeros, una nueva pregunta volvía a causar risas.

Se reían (se siguen riendo, seguro) para esconder su mediocridad, para protegerse dentro de un grupo de iguales, en el que toman las decisiones en masa, sin ideas creativas, sin interesarse más que por zafar, sin preguntarse siquiera cómo funcionan las cosas o de qué estamos hechos, o de dónde venimos. Me acuerdo de cuando mencioné un libro que había leído, "Nuestro amigo el átomo".

A mí me gusta leer. En general me gusta leer novelas, algún día me gustaría escribir una. Casi nunca leo libros científicos, pero un título, *Nuestro amigo el átomo*, me llamó la atención en una librería y le pedí a mi abuelo que me lo comprara. Mi padre había dejado una buena biblioteca, que se sumó a la de mi abuelo, que además me compraba todos los libros que yo le pedía. Pero en general me atraían los que él había leído cuando era chico. En un estante tenía los que había leído cuando tenía mi edad, y empecé por ésos. Yo anoto todos los libros que leo cada año, porque si no me los olvido. Y quiero acordármelos para toda la vida. Cada libro me suma algo, y si me lo acuerdo me suma más. Lista de los que leí el último año:

"Sandokán", "Los Tigres de la Malasia", " El Corsario Negro" de Emilio Salgari;
"Bomba, el niño de la selva" y "Bomba en el reino del peligro" de Roy Rockwood. "Tini y otros relatos" de Eduardo Wilde.

"La isla del Tesoro" y "La Isla de la Aventura" de Robert Stevenson.

"Kon Tiki" de Thor Heyredahl.

"Aventuras en Dos Mundos" de Cronin.

"Los diez indiecitos" y "Ocho casos de Poirot" de Agatha Christie.

"Juvenilia", de Miguel Cané.

"El Capitán Veneno" de Pedro de Alarcón.

"Niñez en Catamarca" de Gustavo Levene.

Una maestra me dijo una vez que no acordarse del autor de un libro que uno leyó es como no haberlo leído y que siempre que uno cita un libro, debe citarlo seguido del nombre del autor.

Pero causó gracia en el colegio cuando nombré "Nuestro amigo el átomo", tal vez por el título, tal vez porque cuando el profesor me preguntó el nombre del autor le dije: "Heinz Haber y Walt Disney". Los bobos habrán pensado que se trataba de un dibujo animado. Y creo que en este caso el profesor también, porque no lo conocía. Pero resulta que es un libro científico que explica de manera fácil qué es el átomo, para alguien que nunca escuchó hablar de él. Cuando me puse a explicar el átomo, el profesor se empezó a poner serio, y cuando dije que todos nosotros, los animales y las cosas, hasta el pizarrón y el papel están formados por los mismos átomos, solo que dispuestos de diferente manera al unirse, mis compañeros, que al principio miraban al profesor con la risa burlona a flor de labios, esperando una risa de él que les permitiera burlarse, comenzaron a ponerse serios.

Y yo, que al principio lo explicaba fácil, empecé a hacerla difícil a propósito para que no se entendiera, para que se dieran cuenta de que se tenían que tragar sus estúpidas risas. Y ahora el que se reía era yo, que veía que cada vez que lo explicaba más difícil, más serios se ponían.

Otro día tuvimos que entregar, después de unas vacaciones, una composición con tema libre. Normalmente eran composiciones de una o dos páginas. Aproveché para escribir un cuento con una idea que se me había ocurrido hacía tiempo. Recuerdo que se la conté a mi abuelo y me dijo que la escribiera. El cuento se llamaba "El Cobarde" y se trataba de la historia de mí mismo mientras escribía un cuento de un vendedor de seguros de vida, frágil, retraído y temeroso de tomar cualquier decisión. Era excesivamente cobarde y no hablaba con nadie. Su cobardía le impedía tomar decisiones correctas, por lo que todo en la vida le salía mal. Finalmente decide suicidarse, pero su cobardía se lo impide. A partir de allí yo dejo de escribir y decido ayudar a mi personaje y me meto en el cuento con la intención de ayudarlo y pegarle un tiro. Pero el personaje se defiende instintivamente en el momento en que yo estaba por apretar el gatillo y me arrebata el revólver y me mata. Su instinto de supervivencia lo salva, pero a la vez lo libera de su eterna cobardía, con lo que finalmente logra su propósito y se suicida, pero nadie lo puede contar, porque al haber matado al escritor, él también desaparece.

La maestra me puso un diez, y me hizo leer el cuento en la clase delante de todos. Algunos de mis compañeros me preguntaban de qué libro me lo había copiado, ¡vos no podés haber escrito ese cuento!, me dijo uno a los gritos. Mi abuelo decía que el problema no es decir estupideces, que el problema consiste en decirlas con énfasis. Gracias, el cuento te gustó hasta el punto de pensar que no es mío, le dije, y se me quedó mirando fijo y callado, con su cara de tonto.

Pero el día que murió mi abuelo ni hablé. Estaba agotado, así que no hice ninguna pregunta rara y me volví a mi casa apenas sonó el último timbre. Por suerte, era viernes. Tenía todo el fin de semana para pensar tranquilo un plan de acción. Nadie debía descubrir que mi abuelo se había muerto.

Tenía que resolver varios asuntos, y los escribí en una hoja de papel, para verlos más claramente.

PROBLEMAS PARA RESOLVER:
1) Comida
2) Boletín del colegio
3) Dinero
4) Pagos.
Dentro de este último problema, había varios otros:

   a) Boleta de luz
   b) Boleta de gas
   c) Boleta de teléfono
   d) Útiles y libros
   e) Compra de comida y cosas para la casa
   f) Pago de la boleta del celular

g) Alguna otra boleta que llegara

5) Tía Filomena
6) Vecinos

1. Comida: Yo nunca había cocinado, pero la había visto a mi mamá. En la cocina había un libro viejo que se llamaba Doña Lola. Con eso me las ingenié para preparar platos simples, que de paso eran los que más me gustaban. No resultó tan complicado poner un pedazo de carne cruda en el horno, con un poco de sal encima, y hervir unas papas. La primera vez me impresionó lo que tardaron las papas. Al principio las saqué crudas, pero después aprendí que hay que ponerlas con el agua ya hirviendo, y las corté en pedazos más chicos, y así se hicieron más rápido. Después aprendí a pisarlas y a mezclarlas con leche dentro de la cacerola, y me salió un puré tan rico como el que me hacía mi mamá. Una vez quise hacer puré Chef, y seguí la receta que viene en la caja: "Mezclar el contenido con ¾ litro de agua", y yo leí entre tres y cuatro litros, dependiendo de lo espeso que uno lo quisiera hacer, así que me salió un líquido incomible y lo tuve que tirar. Fui aprendiendo a hacer carne al horno, bifes o patys a la plancha, arroz, huevos fritos, milanesas, ensaladas y me fui arreglando con la comida que más me gustaba.
2. Boletín. Tenía dos boletines, el de inasistencias y comunicaciones y el de notas. No tenía otra salida que hacerles la firma de mi abuelo. La calqué sobre un papel cuadriculado, poniendo el papel de calcar arriba, pero

después ya la copiaba directamente, primero despacio, después rápido, hasta que al final me quedó bastante bien.

3. Dinero. Mi abuelo tenía una casa en Belgrano, que era donde había vivido cuando era chico, que alquilaba por seis mil ochocientos pesos por mes. Siempre le traían el dinero en efectivo a casa, así que todos los meses vendrían con el dinero y yo le daría un recibo firmado por mi abuelo. Con la práctica del boletín, no me costaría nada hacer un recibo de alquiler.

    Nosotros vivíamos con esa plata, y aunque nunca me había puesto a hacer cuentas, deduje que a mí incluso me sobraría.

4. Pagos. El primer mes, anotaría todos los gastos a medida que llegaran las cuentas de luz, gas o teléfono e hiciera las compras para comer, y así podría hacer un plan para el mes siguiente.

5. Mi tía Filomena. Mi tía Filomena a veces hablaba por teléfono con mi abuelo. Tendría que estar preparado cuando llamara para decirle que estaba durmiendo o que había salido. Como principio de solución estaría bien.

6. Vecinos. Por suerte mi abuelo no tenía mucha relación con los vecinos. Pero igual era un punto que me preocupaba mucho. Los vecinos son muy chismosos, y cuando no tienen nada que hacer no es raro que se pongan a observar los movimientos ajenos. Pensé que con el tiempo tratarían de averiguar qué pasa que no lo ven a Tato.

Pensar y hacer esta lista me sostuvo. Pude a duras penas pasar mi primer fin de semana solo. Estuve muy triste, pero el miedo que tenía de ser descubierto me daba fuerzas para seguir con mi plan y me ayudaba a combatir la tristeza. Tenía muchas cosas para leer y para pensar.

Me gustaba leer el diario, me hacía acordar a cuando lo leía con mi abuelo.

Los negocios quedaron a oscuras e inactivos durante las horas del apagón en más de 10 ciudades principales del país.

en la cabeza a un desconocido en San Joaquín (B8)

Conmoción en Belgrano

Se buscan familiares de un NN

Como consecuencia de un paro cardiaco falleció ayer un señor mayor en la sala de terapia intensiva del Hospital Pirovano. Se calcula que el mismo podría tener cerca de ochenta años. Los médicos de guardia aseguran que el difunto llegó acompañado por un menor, de quien no se conoce su filiación. Los restos del anciano se trasladarán a la morgue judicial a la espera del reclamo del cadáver por parte de algún familiar.

Ministro Plenipotenciario inspeccionó empresas

¿Qué querrá decir N.N?

Suena el teléfono, atiendo, hola, hola, nene, ¿cómo estás?, hola, Filomena.
Otra vez me vino a la nariz el olor a naftalina y puchos viejos. Nunca llaman, ni aunque sea para ver si estoy muerta.

...Jota, estás ahí, sí, Filomena, que nunca llaman, digo, que hacen como la vaca empantanada, que gime cuando necesita algo y después te cornea...

Tía Filomena siempre tenía un reproche a flor de labios. Su sistema de comunicación con los demás era solo a través de la simple e inútil agresión. Lo único que lograba era que huyéramos de ella.

...Bueno, bueno, solo bueno tenés para decir, y tu abuelo, a ver esperá le dije para hacer tiempo, está durmiendo la siesta, pero me arrepentí, de esa manera volvería a llamar en un rato. A ver ahí se despertó, pero dice que le duele la cabeza, que está todo bien, que cualquier cosa me digas a mí. No, quería consultarle porque se me hinchó el pies, a ver si tenía alguna receta. El pie, Filomena, o los pies. No, un solo pies, el derecho, nene. No tenía sentido seguir explicándole.

Esa era otra de las formas de comunicarse de tía Filomena. A través de las enfermedades y dolores.

Le tengo que decir algo porque si no va a volver a llamar, dice que lo pongas en un tacho de agua caliente con aceite y vinagre, le inventé, no será con sal, agregale también sal, te parece, después lo usás para la ensalada, cómo, de qué te reís, me estás cargando encima de que estoy rengueando, no, decía que pruebes con sal, pero a mamá una vez le dio resultado con aceite y vinagre.

Hubiera querido decirle que lo mejor que podía hacer era tomar menos ginebra y largar el cigarrillo, pero se iba a ofender, bueno, nene, llamen cada tanto, un beso, Filomena.

Lo único que faltaba era que lo descubriera todo y me mandasen a vivir con ella, prefería el orfanato. Volví a la noticia, puesta así en el diario me dio miedo, no podía creer que estaba leyendo lo que me había pasado a mí, por otra parte me dio mucha lástima no poder despedir el cuerpo de mi abuelo como tendría que haberlo hecho, pensé que era una suerte vivir en una ciudad grande como Buenos Aires, en un pueblo o aun en una ciudad chica, todos nos conocerían y sería muy difícil pasar desapercibido. Vivimos a quince cuadras del hospital donde había muerto, y allí no nos conocía nadie, me pregunté qué sería la morgue judicial de la que hablaba el diario y si allí tendrían manera de averiguar la identidad de mi abuelo, si era así, estaba perdido.

Fui a la computadora y puse en Google "morgue judicial". Aparecieron un montón de links que hablaban de cadáveres sin nombre, o de leyes que no me aclaraban nada, entonces agregué "NN" y me llamó la atención una noticia de octubre del 2007 que apareció en un diario de Corrientes.

Una mujer, aún NN, se arrojó desde el puente General Belgrano

Una mujer se quitó la vida ayer arrojándose del puente General Belgrano a las aguas de río Paraná. Luego de escasos minutos los efectivos de la Prefectura Naval Argentina procedieron al rescate del cadáver, el cual quedó enganchado entre las cadenas que sostienen la estructura del puente. Ocurrió ayer, pasada las 10:30, cuando efectivos de la Comisaría Segunda tomaron conocimiento de que una mujer se tiró a las aguas del río.

Ante la situación, efectivos de la Prefectura Naval realizaron una búsqueda en la zona donde cayó el cuerpo de la mujer, de la que hasta el momento no se dio a conocer su identidad. Pasado unos escasos minutos del rastrillaje, los prefectos hallaron el cadáver que quedó enganchado por un hierro. Según las primeras averiguaciones, se trata de una mujer de unos 30 a 35 años, quien tenía en el bolsillo del pantalón tres pesos y el boleto de colectivo de Chaco-Corrientes.

Hasta el cierre de esta edición no se dio a conocer la identificación de la víctima, pero se cree que sería oriunda del Chaco. El cuerpo fue trasladado a la morgue judicial, donde se le practicará la correspondiente autopsia legal.

Seguí el sitio web de ese diario y encontré que unos días después no se había logrado identificar el cadáver.

Si bien no podía alegrarme por lo que le había pasado a la pobre mujer chaqueña, me quedé más tranquilo porque vi que si nadie se presentaba a reclamar el cuerpo, o si nadie sabía nada de la señora, no la podrían identificar.

El lunes fui al colegio como si nada. Me vino a la mente otra vez una fantasía que había tenido muchos otros días: Imaginaba salir de casa dentro de una carcasa protectora invisible, desde donde pudiera ver a todo el mundo pero nadie pudiera verme a mí. Un lugar desde donde pudiera mirar fijamente y desde cerca a la chica que me gustaba sin ponerme colorado, o donde no se viera si me ponía colorado. Desde donde pudiera sentarme y observar, tranquilamente sin ser visto. Eso quería. Mirar sin ser visto, estar sin que se note, llorar sin que me vean, reaccionar sin demostrar la reacción. Con eso soñaba ese día lunes, el segundo día de clase después de haberme quedado solo.

CLARITA

A pesar de los temores, ese día fue bueno. Indudablemente algo se me notaba. Estaría apagado, callado, tanto, que por primera vez Clarita se acercó a preguntarme qué me pasaba. Que Clarita viniera a hablarme por su cuenta era algo que no me hubiera atrevido siquiera a pedir antes de apagar las velitas de cumpleaños, simplemente porque hubiera pensado que iba a desperdiciar un deseo, y que yo reaccionara sin ponerme colorado, y nos quedáramos charlando todo un recreo sentados en el cantero que contenía el ombú del patio del colegio era impensable días atrás. Tal vez la experiencia me había dado cierta madurez, tal vez el duro golpe que había recibido había cambiado algún aspecto de mi personalidad que llamó la atención de Clarita, no sé, pero volví a casa sin tocar el piso, y sentí algo que no había puesto en el mapa de sentimientos del cuerpo humano, pero que todavía no podía situar, era algo que me agarraba toda la panza al mismo tiempo. Y sobre todo cuando la veía a Clarita a la mañana por primera vez, y sin querer respiraba hondo, cuando lo tenga bien situado lo voy a dibujar en el mapa de sentimientos del cuerpo.

Y ese día otra vez mis compañeros se rieron de mí, porque dije que no era del todo imposible ver el pasado, pero Clarita no se rió, me miró fijo, y en la mirada sentía que decía por favor, explicalo, no me defraudes, entonces me vinieron solas las palabras y les aclaré en realidad todo lo que vemos es el pasado, ya que las imágenes que vemos tardan en llegar, si yo miro el pizarrón, no lo veo en el mismo momento, sino una infinitésima parte de un segundo después, que es cuando me llega la imagen de ese pizarrón, puse un ejemplo que había leído en "Nuestro amigo el átomo" donde decía que la luz del día tarda nueve minutos en llegar desde que sale del sol hasta que la vemos, porque la luz viaja a trescientos mil kilómetros por segundo, o sea que si en el futuro nos podemos comunicar en forma instantánea con alguien que estuviera a, por ejemplo, un año luz de distancia, esa distancia es igual a la distancia recorrida durante un año a la velocidad de la luz, y en esa comunicación nos pudiera transmitir, con una tecnología aún no descubierta, en forma simultánea las imágenes que captara, estaremos viendo lo que pasó acá hace un año.

Mientras mis compañeros armaban un griterío entre ellos que yo no escuchaba, apoyando o atacando mi teoría, supongo, porque unos se golpeaban la cabeza varias veces con los nudillos diciendo no seas cabeza dura, otros hacían montoncito con la mano como diciendo vos qué sabés y otros se golpeaban la frente con el lado izquierdo del puño cerrado diciendo sos un burro, el profesor sonreía con aprobación y Clarita, apartada de todo, me miraba con admiración. Y sentía que me enamoraba, porque me miraba con esos ojos que no solamente me miraban y además, había entendido mi teoría, yesssss.

Buenos Aires, 4 de abril de 2008

Sres.
Asesoría General Tutelar
Ciudad de Buenos Aires

Ref.: Informa deceso de N.N.

De mí mayor consideración:

MIGUEL ANTOLAEGUI, en mi carácter de Jefe de la División Decesos del Hospital General de Agudos "Ignacio Pirovano", con domicilio en la Av. Monroe N° 3555 de la Ciudad de Buenos Aires, a ustedes digo:

Que el día 3 de abril del corriente falleció en este hospital una persona de sexo masculino cuya identidad no pudo ser determinada, de aproximadamente 80 años de edad.

Debido a la circunstancia antedicha, y sumado a que los facultativos intervinientes no pudieron establecer las causales del deceso, se dio intervención policial. Como es de rutina, el requerimiento se realizó por vía telefónica al momento del deceso, sin que hasta el momento recibiéramos indicaciones de cómo proceder.

Cabe destacar que el difunto ingresó al hospital acompañado de un menor -de aproximadamente 12 años- que aparentaba ser su nieto, y que el mencionado niño abandonó nuestra institución por sus propios medios, sin que se haya podido averiguar su identidad.

Por lo expuesto solicitamos que se nos indique, en forma urgente, los pasos a seguir.

Sin otro particular, saludo a ustedes muy atentamente,

Dr. Miguel Antolaegui
M.N. 584221

La Rutina

Mientras tanto, en casa luchaba por sobrevivir. Me hice unas salchichas con arroz. Las salchichas me salieron bien, solo tenía que ponerlas un rato en agua hirviendo. Pero con el arroz hice un lío bárbaro, porque como tenía hambre y quería comer dos platos, puse dos platos enteros de arroz crudo a hervir en una cacerola chica, y cuando volví los granos habían cubierto todas las hornallas de la cocina, chorreaban por la tapa del horno y llegaban hasta el piso. Miré en el libro de Doña Lola buscando una explicación, y allí fue que me enteré de que había que poner solo una taza de café por plato, porque el arroz se hincha mucho con el agua.

Comía, hacía las compras con algo de dinero que había quedado, pero ya se me estaba acabando. Por suerte, estábamos cerca de fin de mes, y el inquilino vendría en unos pocos días a pagar. Ya faltaba poco para la prueba de fuego del recibo con la firma imitada de mi abuelo.

Mis días iban pasando. En el Colegio iba midiendo mis avances con Clarita, y en casa, entre el tiempo que me llevaba el estudio, preparar la comida y organizar la casa, no veía la hora de irme a dormir. Tenía que buscarme siempre algo que hacer, si pensaba, perdía. Me salvó la biblioteca. Mi madre y mi abuelo fueron suplantados por amigos como Zalacaín, Tini, Lazarillo o el Buscón, algunos de ellos más solos que yo, que compartían con gusto los rincones huecos de mis fines de semana.

La palabra soledad no entra en su significado. Hay una soledad necesaria: interrupción del odio, del hastío, de la indiferencia y aun feliz recreo del amor. Pero la soledad permanente, la soledad con certeza, la soledad involuntaria, es hueca, vacía, inmensa, total, verdadera. Una cachetada inesperada que me dio vuelta la cara y me dejó mirando al espejo, observando a un desconocido que no conocía. Auténtica soledad. Angustia irracional que nos permite realizar por nuestra propia cuenta unos pocos actos plenos sin asistencia de testigos, intenciones desesperadas de evitar la soledad en soledad: masturbarse, suicidarse, o escribir.

LOS FINES DE SEMANA

Los fines de semana, en cambio, tenía más tiempo. Sobre todo porque no me gusta mucho ver televisión, cosa que también me alejaba de mis compañeros. Lo único que me gustaba era "Los Simpson". Un día me puse a ver otra cosa, pero después de ver al conductor metiéndole la mano en el slip para mirar adentro a un bailarín, de escuchar a una modelo que decía que ella leía mucho porque leía los subtítulos de las series, y de ver a un enano haciendo payasadas apagué y no la volví a prender, pero mi casa es grande, y había mucho para hacer, a veces no soportaba más y me escapaba de casa haciendo largos paseos en bicicleta, volvía agotado y me iba a dormir.

Me dolían los espacios. Las voces no llegaban. Mi piel extrañaba otras pieles. Mis manos, empecinadas, buscaban por su cuenta otras manos. Esperaba que los ruidos me dijeran algo. Los fines de semana era peor.

Entonceaba palabremente los verbigracios. Sindudaciones parafraseantes. El fonduro oscruro de un muro encimado infinital. Sinsaboreando la vidación, sinsentideando la muertición parasemper. Esperamiento hapiendístico que rapidea hasta transpirarse transparente. Sistemateo con bombilla saliveantemente babósica. Prejuzgación nimimporta pero no sojuzgaridad. For pavor que me spiquen. Sudoreante espesuración. Soledamiento obligacional pretereterno. La nadación complexa.

A medida que exploraba la biblioteca, iba encontrando doblados entre las hojas de los libros diferentes escritos firmados "Equis", relatos, poesías, principios de cuentos no finalizados. Utilizaba mis horas libres de los fines de semana para leerlos y organizarlos. Los iba enumerando a medida que los iba encontrando.

ESCRITO N°1
POESÍA

SIETE MINUTOS

Siete minutos tardo en leer esta poesía
siete minutos de esperar incierto
un lapso de vida, un raro silencio
la mirada fija, la lectura inmóvil
¿Qué pasa en el mundo mientras pasa el tiempo?
¿Qué pasa en el tiempo mientras vos no estás?
Siete minutos menos que faltan para verte
no sé cuántas veces deberé leerla
no sé cuántos múltiplos de siete minutos
deberé esperar
hasta que llegue el momento
en que solo falten
siete minutos.
Entonces sí,
la leeré por última vez
y cuando pronuncie la última letra
de la última palabra
del último verso
la poesía
abrirá la puerta.

No tiene fecha. Se la habrá escrito a mi madre cuando estaban de novios?

Los Días

Me levantaba con el despertador de mamá, a las siete. Me bañaba, como me había enseñado mi abuelo, pasándome la esponja vegetal debajo de los brazos y entre las piernas y por el pito, estirándome la piel para atrás y enjuagándolo, y frotándome el pelo con las yemas de los dedos, me hacía el desayuno, un té con leche con galletitas, o zucaritas con leche si hacía calor, entraba el diario, y me iba. Al principio dejaba el televisor prendido para que pareciera que había alguien. Pero después pensé que si algún vecino escuchaba le iba a parecer raro que mi abuelo viera televisión todo el día sin cambiar de canal, así que no lo hice más, no me gusta el sonido de la televisión cuando no la estoy mirando, no entiendo a la gente que lo pone solamente para escuchar un sonido de fondo, en todos lados hay televisores prendidos que nadie ve, en los bares, en las estaciones de tren y subte, en las cabinas de los guardias, en las farmacias, en las oficinas públicas, donde se supone que la gente va a trabajar y no a ver televisión. El sonido del televisor invade la escena que estoy viviendo y la ensucia. Si estoy, por ejemplo mirando el jardín en silencio, puede aparecer un pajarito que canta, o puede ladrar el perro de un vecino y ese es el sonido de ese lugar. En un bar, su sonido será el murmullo de las conversaciones o las órdenes de los mozos a la cocina, con el fondo del choque de vajilla del lavaplatos y la máquina de café. Si hay un televisor, el sonido invade esa escena y le quita su personalidad. Es igual que el ketchup, está bien para una hamburguesa de Mc Donald's, porque al fin y al cabo, forma parte del gusto de esa hamburguesa que nació así, pero si le agregamos ketchup a todas las comidas, como hacen mis compañeros, terminan teniendo el mismo gusto las milanesas, el bife, los ravioles y el puré, y el sonido del televisor es como el ketchup, que le da el mismo sonido al jardín, al cielo, al bar, a una estación de subte o a un dormitorio.

Ahora también estoy haciendo una lista de las películas que vi, y anoto un pequeño comentario al lado para no olvidármelas. Empecé por las que vi este año: *Valentín, August Rush, Hard Candy, Los Simpson, Billy Elliot, Kolya, Volver al Futuro 1, 2, y 3, Mi Pobre Angelito, El Perfecto Asesino.*

No me gustan las películas con efectos especiales, donde hay monstruos que no se sabe de dónde aparecen y por dónde desaparecen, que tienen poderes mágicos y absurdos, me gustan las de personas reales, a las que les pasan cosas que me podrían pasar a mí o a mi vecino, o me gusta ver gente de otros países, para conocer cómo es la vida en ellos, me gustan mucho las películas con chicos, no me gustan las de adultos que se persiguen durante horas en autos que vuelcan y chocan, y que se tiran miles de tiros y no se matan, o las que sí se matan y se ve sangre por todos lados, que para colmo es igual al ketchup que se parece a la televisión.

Por eso a veces mis compañeros no me entienden.

El Médico

Un día me enfermé, fue un jueves, al volver del colegio, empezó a dolerme la cabeza, después todo el cuerpo, me fui a dormir sin comer, pensando que se me iba a pasar solo, pero a la mañana siguiente me sentía peor. Quise levantarme y vestirme para ir a la farmacia, pero me mareé y tuve que volver a acostarme, tenía hambre, pero no podía levantarme a hacer el desayuno, las cosas se complicaban, había guardado tan bien el secreto que no tenía a quién pedir ayuda, en mi lista de problemas para resolver había olvidado éste. Me pasé todo el viernes en la cama, a la tarde pude levantarme y hacerme un té, que tomé con una aspirina, me miré al espejo y me asusté, la cosa no mejoraba, pero por lo menos había podido levantarme.

Me puse a escuchar radio, ya que me dolía demasiado la cabeza para leer o ver televisión. Mi abuelo escuchaba radio, siempre protestaba contra los nuevos locutores, se quejaba de que estudiaban tres o cuatro años para que les dieran el diploma de locutor, y se suponía que les enseñaban a hablar bien, pero todos los días repetían los mismos errores, él también hacía listas, tenía una con los errores de los locutores, la encontré en su cuaderno de notas.

- "Creo de que..." en lugar de "Creo que..."
- "Preveer" en lugar de "Prever".
- "Me enteré que..." en lugar de: "Me enteré de que..."
- "Tiene ganas que..." en lugar de "Tiene ganas de que..."

Decía que es porque tienen miedo de usar mal el "de que" y lo sacan de donde es correcto usarlo.

- "Wall Street": pronuncian: *"uolestrit"* en lugar de *"uolstrit"*.
- *"Está empeorando el clima"* en lugar de: *"Está empeorando el tiempo"*.
- *"Palabras claves"* en lugar de: *"Palabras clave"*.
- *"El equipo entrenó"* en lugar se *"se entrenó"*.

Y dicen palabras de más, como:

- "Experiencia <u>previa</u>"
- "Experiencia <u>anterior</u>"
- "Hace una semana <u>atrás</u>"
- "Un futuro <u>por delante</u>"
- "Dentro de dos años <u>más</u>"

Mi abuelo siempre hablaba de lo curioso de las compensaciones que hace la gente que habla mal, es decir, que cuando cometen un error es común que lo compensen con otro error opuesto. Que en alguna parte de su pensamiento la persona sabe cómo se dice, y lo que saca de un lado lo pone en otro.

Por ejemplo:

- Los que se tragan las "eses", y dicen "dotor" después dicen "essstación" pronunciando bien la s, en lugar de aspirarla.

- Los que dicen "coletivo" después "ecsena" en lugar de "escena", o "adocsión" en lugar de adopción
- Los que dicen "yo" pronunciando "sho" después dicen "yoping" en lugar de "shopping"

Graciosa la teoría de Tato, me puse a escuchar la radio y me dediqué a buscar los errores de la lista de mi abuelo, con eso me distraje un rato, pero tenía miedo de tener algo serio como lo de mi mamá. A ella le habían dicho que si se hubiera tratado antes se hubiera salvado. Tenía miedo de tener algo hereditario y me asusté, sobre todo después de verme la cara en el espejo, me pareció que era mejor seguir vivo en cualquier lado que morirme solo en mi casa, así que agarré plata, me vestí y me fui caminando en dirección al colegio, me acordé que en el camino había algunas placas que decían que la persona que vivía allí era un médico. A las dos cuadras encontré una: Dr. Mario Trusso. Toqué el timbre, me atendió una secretaria que no tenía pinta de enfermera. Vine a ver al doctor Trusso, de parte de quién, Ignacio Gutiérrez, le inventé, por las dudas, y por qué asunto es, no es por un asunto, es que me siento muy mal, me duele la cabeza, y apenas puedo caminar, tu madre dónde está, es que salió por todo el día, y no vuelve hasta la noche, y me dijo que si me sentía mal viniera acá, me puede atender el doctor, nene, estás seguro que tu madre te dijo que vinieras acá, porque el doctor Trusso es abogado.

Me puse muy colorado, y para colmo en ese momento el Dr. Trusso salía de su oficina, así que no sé qué dije y salí corriendo como pude antes de que me hicieran más preguntas.

Corrí un par de cuadras mirando si no me seguían, y empecé a mirar placas de nuevo, me di cuenta de que abajo del nombre en muchas decía que tipo de doctor era, por ejemplo:

DR. NOSECUANTO   DR. NOSEQUÉ

ABOGADO   ODONTÓLOGO

Hasta que encontré uno que decía:

DR. ANTONIAZZI

MÉDICO CLÍNICO

Por suerte esta secretaria sí tenía pinta de enfermera, y me recibió bien, no como la otra; este doctor sí era médico, y también me trató bien, yo estaba enfermo, asustado y cansado. El médico y la enfermera se creyeron el cuento de que mi mamá había salido y no hicieron más preguntas, me dijo que tenía gripe. Me dio una receta con un remedio y me dijo que volviera a los tres días con mi mamá. Estaba tan contento que casi me curo ahí mismo, me preguntó dónde vivía y le dije que cerca, entonces le dijo a la enfermera que me llevara a la farmacia a comprar el remedio y que me acompañara hasta mi casa. No podía decir que no, porque hubiera resultado más sospechoso, la enfermera me dio un beso cuando me despidió en la puerta de mi casa y me dijo que me cuidara, y que si me sentía mal volviera, cuando entré a casa me di cuenta de que no sabía su nombre. Pensé que si yo fuera el médico, me hubiera enamorado de ella.

En ese leve contacto de mi mejilla con la suya, una mejilla suave y tibia, y en el tacto de su mano en mi cabeza al despedirme con una dulce caricia, sentí lo mucho que extrañaba a mi madre. Necesitaba que me tocaran. Lamenté que su mano no permaneciera más tiempo sobre mí. Mi piel sufría la abstinencia del contacto tibio con otra. Contacto en el que fluyen a ambos lados tibias corrientes de energía. Un agradable cortocircuito.

Poder Judicial de la Ciudad de Buenos Aires
Ministerio Público
Asesoría General Tutelar

OFICIO

Ciudad Autónoma de Buenos Aires, 9/4/2008

Sr. Director
Hospital General de Agudos
"Dr. I. Pirovano"
Av. Monroe 3255
1428 – Capital Federal
S/D

Para uso Oficial

Me dirijo a uste dcon relación a las actuaciones que se sustancian ante esta Asesoría General Tutelar, conforme lo dispuesto por la Ley N° 1903 de la Ciudad de Buenos Aires, en el marco de la causa caratulada "N.N. s/ averiguación de identidad" (Expte. Nro. IPP 1359), a fin de solicitarle que arbitre los medios para que se haga entrega del cuerpo, y de la historia clínica del paciente de identidad desconocida, de aproximadamente 80 años de edad, ingresado el pasado 3 de abril en vuestra institución, al personal médico forense a fin de practicar la autopsia ordenada en el citado expediente.

Asimismo, solicito tenga a bien informar a este Ministerio Público todo dato conducente a la averiguación de identidad del menor que se presentó en compañía del difunto, y proporcionar un listado del personal del hospital que haya tenido contacto con él, a fin de tomar su testimonio.

Saludo a usted atentamente,

Dr. Alejandro Vásquez
Asesor General Tutelar Adjunto

Un domingo

Los domingos me quedaba en casa y aprovechaba para leer. Un día, encontré en el diario un artículo sobre clonación. Si entendí bien, sacan una célula de un ser vivo y reproducen otro ser exactamente igual. Hace un mes, más o menos, había leído uno sobre hibernación. Habían congelado vivo a un perro, y habían logrado resucitarlo unos días después. Uniendo los dos avances de la ciencia, pensé que si en unos años las dos técnicas se perfeccionaban se podría dar este caso: a un hombre de, por ejemplo, veinte años, se le muere la novia de dieciocho, a la que quiere mucho, entonces él podría hacerla clonar e hibernarse durante dieciocho años, momento en que podría volver a conquistarla. El problema puede ser que mientras esté hibernado la chica se enamore de otro. Qué buen argumento para una película. Cuando sea grande lo voy a escribir y lo voy a mandar a Hollywood, a ver si les interesa.

También pensé que si la técnica hubiera estado disponible ahora, podría haber hibernado a mi abuelo y a mi madre hasta que se encontrara un remedio para sus enfermedades. El problema es que cuando eso ocurriera yo ya tendría los años de mi mamá, y sería muy chocante para ella despertarse y verme con su misma edad.

Mientras pienso estas cosas, reviso libros. Estoy en la biblioteca. Encuentro otro papel entre las hojas de "La Invención de Morel", de Adolfo Bioy Casares

Escrito Nº 2.
Poesía

ME VOY

Apenas
me voy por las ramas
de las circunstancias
de haberte perdido
me viene un pedazo de olvido.

Un hielo me toca la espalda
y oliendo tu falda
me muero de frío.

Lastimo una copa de vino
y arrojo sin ganas
tu foto al vacío.

Apenas el mundo obedece
y salgo de abajo y muero por algo,
me meto y no salgo
me muero tan muerto
que si me despierto
me vuelvo a morir.

Si equis era mi padre, la poesía parecía hablar de una relación con una mujer que se cortó. ¿con mi madre?, ¿con otra?, me voy, se titula. Parece que siempre se estuviera yendo.

La bicicleta

El lunes volví al colegio. Por suerte había faltado sólo el viernes por la gripe, así que nadie llamó a casa para preguntar por mí. Con Clarita cada vez me iba mejor, ahora nos sentábamos juntos y nos hicimos muy amigos, me moría de ganas de agarrarle la mano, o de que ella tomara la mía, pero tenía que esperar el mejor momento. Desde que murió mi mamá nadie me había acariciado, nadie me había ni siquiera tocado. Solamente me dio un beso la enfermera que me acompañó a casa, de la cual no me enamoré porque era muy grande y porque a mí ya me gustaba Clarita.

Un día me animé y la invité a dar una vuelta a la manzana en bicicleta. Me dijo que en la casa había una bicicleta, que era de su hermana, pero que no sabía andar, entonces me ofrecí a enseñarle y aceptó, me costó bastante que aprendiera. Primero le sostenía la bicicleta corriendo al lado y teniéndole el manubrio, pero siempre que la soltaba se caía, después probé corriendo y sosteniendo el asiento desde atrás, pero no daba resultado, y me daba vergüenza porque a veces sin querer le tocaba la cola. Al final probé trabar la bicicleta en el bicicletero que está en la vereda del supermercado y sacarle la cadena, para que se vaya acostumbrando al movimiento. Una vez que se acostumbró, la entretuve dándole charla y sin que se diera cuenta puse la cadena, entonces pedaleó hacia adelante como venía haciendo sin cadena y salió disparada. Cuando se dio cuenta de que estaba andando empezó a los gritos, porque no sabía cómo parar sin caerse, esquivaba gente que entraba al supermercado, y yo corría atrás desesperado. Cuando la alcancé, a media cuadra, le agarré la bicicleta y ella estaba tan enojada por el engaño y tan contenta por haber aprendido a andar, que no sabía si enojarse conmigo o no. Entonces le salió como una cachetada que me pegó en el pecho, pero una cachetada muy dulce, acompañada de un: ¿qué hiciste, loco?. Te felicito, aprendiste a andar en bici. Le di la mano, felicitándola. Pero los dos dejamos las manos juntas un poco más de lo común. Me derretí sintiendo su mano tibia que apretaba la mía y no la soltaba. Me acordé de la mano de la enfermera, pero esta era mejor, de mi tamaño, de mi amiga. Mientras la miraba pensaba que cuando sea grande quizás Clarita podría ser mi novia, y que si ella se muere y me deja como me dejó mi mamá quizá ya la ciencia pueda haber avanzado tanto que me podré hibernar y esperar a otra Clarita igual. Llevé a Clarita a su casa en el manubrio de la bicicleta, al pedalear, la cadena hacía un sonido muy particular, que en cada vuelta repetía *COYUNDAAA - COYUNDAAA.*

Por supuesto, cuando llegué a casa fui directo al diccionario:

coyunda. (Del latín coiungula) 3. Unión conyugal.

El loco

El sábado me hubiera gustado invitarla a mis largos paseos en bici, pero yo iba muy lejos y no la iban a dejar venir. Iba por Cabildo y llegaba hasta San Isidro. Mi mamá me obligaba a llevarme el celular, y cada tanto me llamaba. Me gustaba correrles carreras a los colectivos 60. Elegía uno, lo diferenciaba del resto por el número de interno, y jugaba a ver quién llegaba más rápido a Saenz Peña y Centenario, en San Isidro. Yo les ganaba cuando se detenían en las paradas. En los semáforos en rojo descansaba, la mayor parte de las veces ganaba la carrera. Al llegar a Saenz Peña doblaba a la derecha hasta el río y me metía en el Puerto de San Isidro. Bordeando el puerto, y llegando al río, hay una escollera de cemento medio roto, desde donde se ve todo el Río de la Plata, y allí va gente a pescar. La escollera entra en el río y se puede llegar casi hasta el final en bici. Al final, en la punta, hay una torre de cemento. Arriba tiene un farol que le sirve a los barcos como guía. Mi abuelo me contaba que cuando él era chico también iba allí, y que una vez grabó en la base de la torre el nombre de una novia que tuvo a los quince años. Como no sabía el nombre de la novia, no lo pude buscar con certeza, pero me gustaba imaginar que alguno de los nombres de mujer que se veían gastados por la lluvia podría haber sido el de una novia de mi abuelo. Con un clavo oxidado que encontré en el piso grabé el nombre de Clarita, pensé que después de muchos años se lo mostraría a mi nieto, como hacía mi abuelo.

Antes de llegar a la costa, hay un lugar que para mí tiene algo de mágico. Es un espacio de césped protegido por árboles, desde donde se ve el río, pero donde difícilmente lo vean a uno. Está rodeado por unos jacarandás que en septiembre pierden sus flores y tejen en el piso una alfombra lila. Allí me quedo largos ratos a leer o a pensar.

Cuando no tenía ganas de correr a los 60, bajaba por Congreso hasta Libertador, doblaba a la izquierda y seguía todo derecho. Es más lindo por Libertador. Se va poniendo cada vez más verde después de pasar la Gral. Paz. Donde podía, doblaba a la derecha y había caminos largos que se podían hacer yendo pegado al río. Tardaba mucho más, pero valía la pena.

Había personajes extraños en el muelle y, en general, no hablaba con ninguno. Pero un día se me acercó un loco. Al principio, como era un loco inofensivo, empecé a charlar con él. Tenía el pelo largo, el pantalón grande y ajustado bien arriba a la altura de las costillas, una enorme camisa dentro del pantalón y una campera de jean que le quedaba chica y le apretaba la camisa, que sobresalía cómicamente por todos lados. Los pantalones le quedaban un tanto cortos, y por abajo le sobresalían unos enormes borcegos que parecían diseñados para alta montaña. Su mirada era lejana y pacífica. Hablaba con la boca siempre abierta, tartamudeando y cortando las frases. Se sentó al lado mío y, dentro de su locura, me inspiró confianza. Como mi secreto me pesaba mucho para guardármelo yo solo, se lo conté. Me parecía la persona más confiable del mundo, ya que nadie le iba a creer si lo repetía. Yo vivo solo, mi padre se fue de casa cuando era muy chico, quién era muy chico, tu padre o vos, los dos, mi padre tendría veinte años y yo era un bebé, mi madre se murió primero y después se murió mi abuelo, y no tenemos parientes cercanos, pero nadie lo sabe, porque mi abuelo falleció en un hospital antes de que pudieran tomarle los datos, así me quedé en mi casa viviendo solo, y al único que se lo conté hasta ahora es a vos, y cómo hacés para sobrevivir, quién te da de comer, de donde sacás la plata para vivir. La boca ya no estaba abierta, ni tartamudeaba. Su última pregunta salió con un tono perfectamente normal. Le expliqué cómo me las arreglaba. Mientras tanto, su mirada se iba haciendo menos lejana. Finalmente se fijó en mis ojos, y parecía que podía mirar dentro de mí. Yo también te voy a contar un secreto, no soy demente, me disfrazo de loco y salgo a la calle a experimentar lo que experimenta alguien que sí lo es, y para qué hacés eso, soy psiquiatra, y he aprendido con esta experiencia muchas cosas que no había aprendido en la facultad, o en el hospital donde trabajo, no solamente me disfrazo, me pongo en el papel de un paciente que está realmente mal, y adopto todas sus características, su forma de vestirse, su forma de caminar, su manera de hablar, la forma en que mueve sus manos y su cuerpo, e inclusive lo que dice, me sirve para interpretar a fondo la mente de cada paciente, porque de a poco me meto tanto en el personaje que empiezo a razonar como él, y me sirve para estudiar a los "normales", a la gente común, que en general reacciona muy mal, y lo rechaza, y a veces se burla de él, en muchos casos te das cuenta de que si alguien lo discrimina aun más que a los otros es porque está rechazando algo que vio en el loco, que si bien no lo tiene en forma patológica, lo tiene escondido en su personalidad, y el loco se lo muestra, y ahí es donde se produce la peor reacción, porque no hay peor enemigo para uno que uno mismo, pero salís así de tu casa, vivo con mi familia, tengo tres hijos y un perro, no, de casa voy al hospital donde trabajo y tengo veintisiete personas a mi cargo, después voy al consultorio y los pacientes desfilan uno detrás de otro, estoy todo el día respondiendo y haciendo preguntas, dando y recibiendo órdenes, la gente me habla, me habla todo el tiempo, me habla demasiado, cuando termino con el último paciente, me disfrazo y salgo, y empiezo a crear el personaje mientras estoy solo. Y cómo se te ocurrió. Me inspiré en Ulises, que unos años antes de inventar el caballo de Troya intentó evitar hacer el servicio militar haciéndose pasar por loco, para quedarse con Penélope. Pero a él lo descubrieron. Comienzo a representarlo aun antes de que alguien me vea, es la manera de creérmelo yo mismo, me baño y me lavo los dientes como lo haría el personaje, después me disfrazo y salgo a la calle, antes miro un poco para evitar encontrarme con algún vecino, cuando paso la puerta ya no hay problema, no me reconocerían, subo al colectivo, y me equivoco, me confundo y espero que me ayuden, y ya casi no soy yo mismo, sino que ya es mi personaje el que tiene que lidiar con los problemas cotidianos, y te aseguro que son muchos, una vez un colectivero me hizo bajar porque no sabía usar la maquinita de los boletos, y ninguno de los pasajeros me ayudó, otra vez, pasando por una esquina, un grupito de adolescentes me rodeó, ahí pude hacer una buena radiografía de las diferentes reacciones, porque hubo de todo, mientras algunos se burlaban de mí con aires de superioridad, otros me agredían y algunos paraban la mano cuando la cosa se estaba poniendo pesada, y otros miraban sin hacer nada, en algún momento hasta sentí miedo, pero aguanté, y por suerte la cosa no pasó a mayores, al final, lo que sentí fue lástima por los peores, ya que si no se daban cuenta a tiempo, se iban a tener que bancar a sí mismos todas su largas vidas, con sus miedos, sus fracasos, su impotencia, que sabrían superar solamente en presencia de alguien infinitamente más débil que ellos, también aparece gente solidaria, pero en esos casos, después de ayudarme se quieren ir rápido, no quieren tener un contacto conmigo que dure más que el momento en que me ayudan a superar el inconveniente, el rechazo que provoco me aísla, y me proporciona una soledad que disfruto, que necesito, necesito construirme esta soledad, para algún día mirarme al espejo y reconocerme, aún disfrazado, vos fuiste un caso raro, te pusiste a hablar conmigo, que en realidad no era yo, por eso te conté mi secreto, porque a veces me canso del personaje y necesito volver a ser yo mismo, a mí me pasó lo mismo, pero si hubiera sabido que no estabas loco no te lo contaba, no te hagas problema, lo consideraré secreto profesional, los psiquiatras y los psicólogos nunca revelamos lo que nos cuentan los pacientes, lo que vos estás haciendo es muy difícil, si me permitís que te dé un consejo, tendrías que tratar de ubicar de alguna manera a tu padre, no tengo la menor idea de cómo hacerlo, le dije, no tenía la menor idea de cómo hacerlo.

Es cierto, no tenía la menor idea de cómo hacerlo.

EQUIS

Seguí buscando entre los libros algún otro papel, pero sin encontrar nada. Fui a Google y escribí: "Javier Peralta". Había un montón de hombres llamados Javier Peralta acá, en México, en España, pero ninguno podía ser mi padre. Revisando las poesías que había encontrado, observé algunas firmadas "Equis". ¿Por qué habrá puesto "Equis"? Tal vez para no firmar "Jota" como me dicen a mí. Tal vez utilizó la primera letra de su nombre en español antiguo (Xavier). Fui a Google y puse "equis". Después de desechar innumerables apariciones con "equis", correspondientes al nombre de la letra, seguidas de nombres de empresas, radios y demás con ese nombre, descubrí entre los firmantes de un Blog norteamericano una nota cuyo autor firma "Equis".

ESCRITO N° 3
TEXTO PUBLICADO EN EL BLOG:

digitalbilingualjournalists.blogspot.org/2007/less-instal-and-wide-gen-inside-the-journalists.html

INSIDE THE JOURNALISTS
AUTOBIOGRAPHIC EXPERIENCES. NET
Author: Equis

PERIODISTAS POR DENTRO
EXPERIENCIAS AUTOBIOGRÁFICAS
Autor: Equis
Traducción al inglés de Rodrigo Puente, supervisada por el autor.
Parecía un blog para periodistas. Había dos versiones del relato de Equis, una en inglés y otra en castellano. Opté por la segunda:

Tenía veinte años, o veintidós, o veintitrés, que es lo mismo. Y a partir de ese día que, en el mediodía liberador de mi nuevo trabajo que consistía en traducir manuales de instrucciones de electrodomésticos, y al que con una enorme ilusión me había presentado con la fantasía de traducir a Paul Auster, a Philip Roth, o a Bucowski, fascinado porque, me dije, podré volver a leer en nuestro idioma, o en todo caso en un español neutro, como en ediciones de hace unas décadas, sin los coños, bragas, pollas, gilipollas y chavales que nos hacen sentir que un personaje de un departamento en el Lower East Side se encuentra en una corrala del Lavapiés, decía, que a partir de ese día en que una casualidad geográfica me llevó a ese barcito con vista al río hacia el que navegaría con mis proyectos de futuros viajes y así me escaparía durante un rato de la mediocre realidad que me envolvía, la vista no se orientó hacia el horizonte marrón y celeste, sino que se clavó en la minifalda de la mesera. Y a partir de allí lo único que me interesó, lo único en qué pensaría, el único tema de mi meditación diaria y sobre todo nocturna, era meterle la mano por debajo de la pollerita a la

69

mesera, y a partir de ese exacto momento me olvidé de los viajes, del río, del horizonte, y de las electrodomésticas traducciones, y me senté a comprobar el vaivén de la minifalda corta y suelta, que caía recta por adelante, donde se hundía en el medio como invitando, y se levantaba por atrás, como queriendo mostrar un poquito más, empujada hacia arriba por la firmeza de dos maravillosos pompones carnosos que imaginaba perfectos, en cada meneo producido por el caminar desde las mesas hacia la barra, desde la barra hacia las mesas, desde las mesas hacia la caja y así, en innumerables idas y venidas, mientras tragaba café como nunca lo había hecho en mi vida, porque si tomaba coca o cerveza tenía miedo que me dieran eructos o gases que interfirieran en el momento que decidiera, si alguna vez decidía, poner primera y preguntarle algo, cualquier cosa, no sé, algo que no fuera "un café, por favor", "gracias", o : "¿cuánto es?" y pedidos y preguntas tan pretendidamente seductoras que me salían sin la mínima gracia pese a haber ensayado una y otra vez otra innumerable cantidad de comentarios y preguntas que se soñaban irresistibles frente a un indiferente espejo que no tenía mejor idea que solo devolverme mi ridícula y triste imagen de imposible seductor.

Y a partir de allí todas las horas de mis días y de mis noches cumplían su inevitable transcurrir a través de obedientes agujas de relojes que amablemente descartaban una rayita que marcaba un minuto interminable en exactamente un minuto hasta que por fin daban las seis y me liberaban de mi aburrido puesto de trabajo, dejándome tomar vuelo hacia esa silla de ese bar con esa vista hacia ese río desde donde contemplaba todas las tardes a veces en directo, a veces, para disimular, a través del espéculo de la puerta de salida, ese magnífico paisaje de acompasadas ondulaciones de cadera que desplazaban a uno y otro lado esa corta y suelta minifalda que me quitaba el aliento cuando imaginaba la lenta exploración de todo lo que escondía detrás, hasta llegar al premio mayor, al tesoro escondido, al quimérico triangulito que está solo y espera, agazapado, allí atrás, ansioso, anhelante, inquieto y ávido. Y cuando intentaba repetir el último ensayo del día anterior sólo conseguía tórridos y morados calores en mi cara que sumándose a los ya interiormente contenidos me impedían hilar dos palabras seguidas con sentido.

Hasta que las fuerzas impulsadas por mi ahora obsesión lasciva lograron cierta superioridad sobre las voluntades racionales que profetizaban un seguro fracaso acompañado de un papelón con la consiguiente vergonzosa ruborización, alcahueteando con su encarnado carmesí mi enfermiza cortedad y, a la vez, el indómito embeleso que me causaba su sola presencia, y logré emitir un afónico: "¿A qué hora salís?"

¿Qué? Dijo, sin entender mi sucesión interrumpida de sílabas incomprensibles que terminaban en un último sonido interrogativo.

"Que a qué hora salís", dije, ya aclarando la garganta y dando el partido por perdido. "A las ocho", dijo mientras me miraban esos labios rojos, gruesos y sonrientes y esos ojos siempre simpáticos y amigables que sin embargo no me daban ni una pista de que la respuesta obedeciera a contestar amablemente a una pregunta de un habitué del bar, o a aceptar una virtual invitación a salir.

Y a las ocho menos cuarto, con el bar vacío y el cajero fuera del ángulo de visión, cuando se agachó levemente a dejar sobre la mesa el ticket de los tres cafés que ya me habían provocado una dulce acidez, le zampé un beso en la boca. Un beso rápido, de prueba, de lance, de todo o nada, un piquito que, por tratarse de un movimiento físico rápido, resultó más fácil apurarlo que intentar el arduo trabajo de transcurrir mi ensayada perorata.

Yo esperaba que se ofendiera y me echara, y perdiera finalmente cualquier posibilidad de volver a verla, o que, mujer al fin, me mirara extasiada por mi genial ocurrencia. Pero nada de eso ocurrió. Me miró sonriente, desafiante, y se dio vuelta y se fue para la caja. Pasaron quince minutos en los que esperé angustiado y temeroso que apareciera el cajero a golpearme con un matafuego, o que viniera un patrullero a detenerme por una denuncia de acoso sexual.

A las ocho salí, y me quedé afuera esperando. Cuando ella salió, tenía la misma expresión sonriente y sensual que me cautivaba junto con su seductora pollerita. Pero al verla venir hacia mí yo ya era otro, y descansando sobre una pierna, con la cabeza levemente inclinada hacia la derecha, mirándola fijamente y con una leve sonrisa la invité a caminar. Y, por supuesto, aceptó.

Nos sentamos sobre el solitario y abandonado tablestacado del puerto de San Isidro, y le robé los primeros besos. Nuestras lenguas se pusieron tan rápido de acuerdo en sus movimientos, yendo y viniendo juntas, amigas, cómplices, de una boca a la otra, que concluí rápidamente que la cosa daba para más. Seguimos caminando bordeando el puerto, simulando mirar los barcos que aprobaban mi arremetida asintiendo con sus proas, pero en realidad lo que buscaba era un rincón cómplice y recoleto, así que caminamos hacia un terreno llano, con el pasto prolijamente cortado que terminaba, antes de mirar el río, en un conjunto de dos o tres jacarandás. Era septiembre y el piso estaba tapizado de flores de color lila. Un lecho apropiado, desde donde se veía el río pero era difícil ser visto. Al cumplir mi repetido sueño de franquear el borde de la famosa pollerita temí el peor de los infiernos, un estallido prematuro que desbarrancaría la compostura alcanzada. Pero no, la carrera estaba avanzada, y la corrimos juntos hasta el final así, con un instinto animal, llevados por un enardecimiento irresponsable, por una fiebre irracional, con una exaltación irreflexiva, sin una relación previa. Mientras tanto, el río, testigo y cómplice, nos enviaba un aire cálido y sudoroso, que al pasar entre los árboles emitía un sonido como *RORRO...RORRO...RORRO...*

rorro. (De ro) 1m. Coloq. Niño pequeño

Al poco tiempo me encontré de traje, en un registro civil, diciéndole que sí a una jueza y a mi futuro que no. Y unas horas después estaba volviendo a "casa" temprano, pagando cuentas, festejando cumpleaños de tías perfumadas, asistiendo a reuniones de consorcio, cambiando lamparitas y desagotando piletas de cocina, siempre con el maldito fondo sonoro de un maléfico televisor que no podía acallar sin una trifulca previa, que al final preferí eludir.

Un tiempo después me encontré un domingo a la tarde empujando un cochecito que se obstinaba en doblar a la izquierda, aún con más empecinamiento que el del supermercado, que pretendía hacerlo hacia la derecha, alegorías ambas del carro de mi propia vida que persistía en tomar rumbos no deseados. El del súper con el agravante de que al chocar con la góndola de los flanes dietéticos, provocó el primero de una larga serie de reproches sarcásticos provenientes de mi mujer, que seguramente eran la parte visible de un resentimiento proveniente de mis pocos ingresos, que no le permitían seguir el tren de vida de sus dos amigas recién casadas con jóvenes exitosos, y no con un mediocre traductor de folletos, que en los ratos libres perdía el tiempo escribiendo quién sabe qué pavadas en lugar de inventar algún negocio.

En un tiempo que pasaba frente a mí sin que lo pudiera detener o siquiera manejar, la corta pollerita, alguna vez prometedora de indecibles placeres, se había metamorfoseado en una cárcel sin salida, el Disneyworld se me transformó en el Penal de Villa Devoto, la dulce manzana se convirtió en un nuevo fruto ácido, maloliente y desconocido. ¿Así era el mundo real?

Y ese domingo, al volver a casa forzando el cochecito hacia la derecha tratando de que no se desbarrancara, resignado porque no lograba que el bebe que estaba adentro, que todavía no había podido asimilar como de mi sangre dejara de llorar fuera de los brazos de su madre, prendí la computadora y me encontré que algunas de las cosas que había escrito en casa a pesar de la mirada sesgada de mi mujer, y en la oficina, robándole tiempo a folletos con nuevos productos como masajeadoras de tejido adiposo y lámparas mágicas que harían crecer el pelo a una rodilla, que esperaban pacientemente mis traducciones para poder ser vendidas, finalmente habían encontrado un eco en el mundo exterior. Se trataba de una respuesta a cartas que había enviado con proyectos de artículos que había titulado "Sólo un porteño solo", que describían con cierto sarcasmo a algunos personajes de Buenos Aires como el guardia privado autoritario, la rubia de shopping operada, el memorioso que se cree culto, el culto de mirada soberbia, el ignorante que ni siquiera pretende ser culto porque no sabe para qué sirve serlo, etc., y que había enviado a varios diarios, nacionales e internacionales. Me escribieron del Courier Gazette de New York. Me ofrecieron una pequeña columna en donde podría hacer lo mismo pero en diferentes ciudades del mundo, desde donde se los enviaría. La remuneración no era buena, pero me alcanzaría para vivir. A partir de allí comencé a construir mi túnel de escape. Contesté aceptando la propuesta, saqué mi pasaporte y mi visa. No estaba preparado para ser padre, y tampoco para el matrimonio. Menos para ese matrimonio. Así que un día hice lo que no se debe hacer y me fui sin decir nada. Mi mujer, su padre y mi hijo tendrían con qué comer, ya que recibían mensualmente el pago del alquiler de una casa, y yo en esas condiciones hubiera sido perjudicial para todos. Ya sé, tendría que haber avisado, hablado y explicado. Pero no pude. Quería cambiar de mundo sin darle la oportunidad al mundo de que me lo reprochara. Sin escenas que luego rebotaran en mi cerebro indefinidamente. Quería cambiar la película sin cambiar de rollo. Quería hacer zapping de una telenovela venezolana al canal de la National Geographic. Así, tocando solo un botón.

Y lo toqué.

Por Equis .23:15 Colab. N° 1

14 comentarios ENLAZAR AQUÍ

ETIQUETAS: AUTOBIOGRAFÍAS, BUENOS AIRES EXPERIEN-CES, ADOLESCENCIA

Lo imprimí. Lo guardé en silencio, con el nombre de Escrito N° 3

Me fui a mi cama, a mirar el techo. Si bien no tenía la absoluta certeza de que el autor fuera mi padre, había pocas posibilidades de que no lo fuera. Si bien se podía pensar que podría haber muchos firmantes con el nombre "Equis", por lo pronto el autor era argentino, había tenido un hijo, y se había ido de su casa.

No había lugar a dudas, Equis era mi padre. No sabía si ponerme contento o no con el descubrimiento. Había hurgado tal vez donde no debía, tratando de encontrar alguna pista para saber dónde estaba, tratando de averiguar por qué se había ido. No encontré el "dónde", pero sí parte del "porqué", y parte del "porqué" era yo mismo. Necesité muchas horas recostado en mi cama, mirando el techo de mi cuarto, para asimilar lo que había leído.

El dinero

Con el tiempo, me fui organizando con la plata. Me hice una hoja muy simple donde anotaba los gastos, para saber lo que gastaba todos los meses. Y me dio así:

Supermercado	2.800
GAS	170
LUZ	90
Imp Mun.	300
Teléfono	65
Útiles, libros, tarjeta del celular	400
Varios	800
TOTAL	4.625

O sea que me sobraban unos dos mil ciento y pico pesos por mes, que los iba guardando en diferentes libros de la biblioteca en fajos de mil. Mientras el inquilino viniera todos los meses estaría todo bien, pero pensé que podría pasar que un día, por una razón u otra, dejara de cobrar ese alquiler, y para ese caso tendría que hacer uso de las reservas, ya que no podría alquilar de nuevo la casa yo solo. Si administraba de esa manera la plata, por cada dos meses que pasaban tenía casi otro mes asegurado. Al cabo de dos años, tendría asegurado otro año para vivir. No estaba nada mal.

Me gustaba hacer las compras. Iba lejos, para evitar que supieran dónde vivía. Iba sobre todo a un mercadito que tenía de todo, que estaba a unas diez cuadras de mi casa. Me gustaba que me reconocieran, y poder hablar con el dueño. Eran prácticamente las únicas posibilidades que tenía de hablar con un mayor, y a veces me venía bien para que me explicara algunas cosas que pasaban y que yo no entendía, como el aumento de los precios. Me di cuenta desde el principio que era una buena persona, pero era medio seco y no me daba mucha conversación. Entonces un día, aunque tenía plata suficiente, le pedí que me prestara un litro de leche. Le dije que no tenía dinero en ese momento, que al día siguiente se lo pagaría sin falta. Medio protestando, me lo dio. Al día siguiente, cuando volví del colegio, fui a pagarle. De esa manera pasé a ser una persona confiable para él. Sabía que en el futuro le podría pedir de nuevo fiado si lo necesitaba y además se puso más charlatán conmigo.

ERIBERTO

Otro tipo del barrio del que me hice amigo fue Eriberto. Tenía un sucucho lleno de libros usados, que apilaba en forma horizontal sin ningún orden lógico. No los archivaba en bibliotecas con el lomo vertical como en cualquier lado. Tenía unos 20.000 libros. Es probable que los hubiera leído todos. No sé cómo hacía para encontrar el que le pedían. Yo sin que se diera cuenta leía el título de alguno perdido en una pila de libros del fondo, y después se lo pedía, para ver si lo encontraba. Se mantenía en silencio, meditando. Un rato después se levantaba e iba directamente a buscarlo. Me dejaba llevarme libros y devolvérselos después de haberlos leído, sin pagarle nada. Cuando tenía tiempo y no había nadie en el local me contaba cosas de su vida. Estaba divorciado, y se notaba que estaba muy triste, porque seguía enamorado de su mujer.

Me abandonó, me dijo. Nos casamos cuando teníamos ella 18 y yo 20. Fueron los años más felices de mi vida. Caminábamos juntos de la mano, compartíamos las mismas películas y programas de televisión, nos cargábamos, nos reíamos juntos. Cuando puse la librería, hace muchos años, me acompañaba algunas horas. Cuando un cliente resultaba excéntrico o pesado nos bastaba una rápida mirada cómplice para entender que luego hablaríamos de eso. Y disfrutábamos con esas pequeñas cosas. Después de un tiempo me pidió que le pagara un curso de secretaria, porque quería trabajar. Yo recién empezaba con la librería, y con mucho sacrificio le pagué el curso, que duró dos años. A partir de allí, poco a poco algo se fue quebrando, sin que me diera cuenta. La librería apenas daba para comer. Cada vez caminábamos menos, cada vez nos reíamos menos, y de a poco era sólo ella la que se reía de mí, pero no con complicidad sino con malicia, con reproche. Cuando terminó, consiguió trabajo en un consultorio médico. Con el tiempo nos fuimos alejando cada vez más. Un día en que nos peleamos me gritó que no toleraba mi olor, mi cara mal afeitada, mi aliento. Que no soportaba mi rutina de todos los días: llegar cansado, tirarme en el sofá a leer y pedir la comida. Que no soportaba que la toque. Que últimamente se acostaba a dormir en el borde del colchón, bien en el borde, casi cayéndose, para no sentir mi piel cerca. Es cierto, hace mucho que no hacíamos el amor. No vi nada.

No quise ver nada, y fui masticando sus agrias indiferencias y sus primeros malos tratos de a poquito. Y cuando ya estaba acostumbrado a los pequeños, empezaron otros más grandes, que a veces llegaban al insulto. No sabía qué hacer. Me faltó carácter para reaccionar al primero de sus desplantes. Le seguí atendiendo todos sus caprichos sin poner ningún límite. Entonces se aburrió de agredirme, y me empezó a humillar. Murmuraba en el teléfono con voz cariñosa delante de mí, sin pretender ocultarse. Terminaba la conversación con un beso en el micrófono y una sonrisa sobradora mientras comprobaba mi mirada. Una maldad, que al principio fue pequeña, se fue alimentando a sí misma, creciendo, sofisticándose cruelmente. A medida que crecía la maldad parecía que crecía su placer, que alimentaba su imaginación. Desaparecía tardes enteras, y volvía despeinada, con el maquillaje borroneado, o recién bañada. A veces, a propósito salía con un suéter y volvía con otro, o venía con el mismo puesto al revés. Parecía que disfrutaba con ese sadismo. Pese a todo, prefería tenerla así que no tenerla. Llegué a desearle cosas horribles, como que tuviera un accidente, y me la imaginaba tullida o ciega, totalmente dependiente de mí. Pero mi deseo no era vengativo, no era para verla sufrir. Gozaba imaginando situaciones en que la bañaba, le daba de comer en la boca, fantaseaba que se le chorreaba la comida por la comisura de los labios y yo pacientemente se la limpiaba, y después la besaba. Y así ella comprobaba que podía contar con mi dedicación exclusiva hasta el día en que se muriera, porque no la iba a abandonar. En mi fantasía ella me valoraba, y me quería, y me decía que era la única persona en el mundo que amaba, que no podía vivir sin mí. Soñaba que la tenía para mí solo, que la hacía feliz, pese a su invalidez. Llegué a imaginar todo tipo de discapacidades para ella, y de situaciones humillantes por mi parte, y cuanto más tortuosas resultaban, cuanto más sacrificios hacía por ella, más disfrutaba en mi imaginación. Ya sé, no me digas, era mejor estar solo, o buscarme otra. Pero uno no hace siempre lo que tiene que hacer. Yo, en realidad, creo que siempre hago lo contrario. Por eso no me mato. Creo que si no lo hago es simplemente porque no estoy tan seguro de que mi calvario se termine con la muerte. Le tengo miedo a la soledad eterna. Le tengo miedo a todo lo que signifique no yacer literalmente a sus pies. Vivimos juntos, en la más perfecta soledad, conviviendo en el infierno. Una soledad que removía la llaga cada vez que se cruzaban nuestras miradas, cada vez que nos encontrábamos en un pasillo, o que circunstancialmente nos dirigíamos algún monosílabo. Pese a todo, ahora que se fue, es aún peor. La soledad me sigue invadiendo cuando voy llegando a casa, me inunda cuando estoy adentro de ella, como en un túnel siniestro. Y me quiero matar, pero no puedo, tengo miedo.

En ese momento me acordé de mi cuento sobre el cobarde que no se animaba a suicidarse, pero en este caso me pareció mejor no ayudarlo.
No sé si se dio cuenta de que esta última parte no entendí mucho de todo lo que me había dicho, porque se frenó en seco y siguió.

No te tendría que contar esto a vos, sos muy chico. Pero no tengo con quién hablar.

Qué lío es este mundo. Pienso que estos cuentos me sirven para saber qué es lo que no tengo que hacer cuando sea grande para que no me pasen estas cosas. Voy a tratar de averiguar qué hizo mal Eriberto. Por ahí lo único que hizo mal es elegir a la novia equivocada. Qué difícil ser grande.

Para Eriberto la vida consistía en una continua angustia que comenzaba en el momento en que cerraba el libro que estaba leyendo y concluía cuando lo volvía a abrir. Ese tiempo de lectura en el que ocupaba largas horas, hundido y encorvado en su silloncito de cuero, con una mirada serena o expectante, pero siempre fija y reconcentrada en el pasar de las hojas, constituía su verdadero tiempo. Ese tiempo en que su soledad se desvanecía mágicamente como se desvanecía un hada en un cuento de los hermanos Grimm, o Atenea luego de ayudar a un héroe trágico. Atender a un cliente, comer, ir al baño, bañarse o dormir constituían pérdidas de tiempo inevitables, que estaba obligado a cumplir para poder disponer de aquellas otras horas, las horas sublimes en las que tenía un libro entre las manos.

El robo

Un lunes estaba en el cuarto de mi mamá viendo una película. Me acordaba de algunas veces que veíamos alguna los dos juntos. Era lindo. Ese día no estaba mirando "Los

Simpsons". Estaba viendo de nuevo "Volver al Futuro 1". Hacía calor, y tenía prendido el ventilador de techo. Sus aletas, que giraban lentamente, repetían un sonido que no me dejaba concentrar en la película. En el momento en que la nave de Doc. Emmett Brown empieza a volar por arriba de la plaza del pueblo, detengo el DVD y, en silencio, trato de descifrar el sonido repetitivo: *ARRAMBLA, ARRAMPLA, ARRAMBLA, ARRAMPLA.* Bajé a la biblioteca y leí las definiciones del diccionario:

> **arramblar**. c3. tr. Recoger y llevarse con codicia todo lo que hay en algún lugar. U. t. c. intr. *Arramblar CON algo.*
> **arramplar**. 1. tr. coloq. arramblar (‖ llevarse codiciosamente todo lo que hay en algún lugar). U. t. c. intr. *Arramplar CON algo*

"Tarde" pensé, mientras siento que una mano grasosa, de olor metálico me agarra la boca desde atrás. Al principio me quedé paralizado de miedo. Eran dos tipos, uno grande, de unos veinticinco años, y otro de dieciséis, más o menos. El más grande me hacía preguntas a los gritos, el más chico no hablaba y tenía una mirada serena, inteligente y triste. Yo los miraba inmóvil. Hasta que el mayor me pegó una cachetada. Entonces me puse a llorar, y empecé a hablar. El más chico era más bueno porque le dijo al mayor pará, loco, que es un chico, cuando el otro me pegó. Les dije no tengo plata, estoy solo, pero no sabía qué inventarle de mi madre, porque si les decía que volvía pronto iban a querer esperarla, pero si les decía que vivía solo no me iban a creer y el más grande me iba a pegar más. Entonces les dije mi padre y mi madre vuelven el martes, o sea el día siguiente, a la tarde.

Eso era creíble, y no iban a querer esperar tanto. Yo no les quería dar la plata que tenía ahorrada entre los libros pero ellos me decían que sabían que había plata escondida, que se las diera o me mataban. Como yo era el único que sabía que tenía los fajos de mil pesos escondidos, me di cuenta de que los ladrones les deben decir a todas sus víctimas lo mismo, y muchas, ante la duda, deben buscar sus ahorros y se los deben dar. Mientras tanto, me llevaron a la cocina y se pusieron a comer. Vaciaron la heladera y tiraron lo que no querían comer al piso. Me decían que tenían todo el tiempo del mundo. Llegué a la conclusión de que mejor era darles algo a ver si se iban. Yo tenía como siete mil pesos repartidos en fajos de mil entre los libros, pero no pensaba dárselos por nada en el mundo. Estaba atado en una silla de la cocina mientras veía cómo se comían toda mi comida. Entonces les dije miren, hay un ahorro que no es mío, si fuera mío ya se los hubiera dado, es un ahorro que tiene mi mamá por si se enferma, por eso no se los quería dar, pero llévenselo, son mil pesos, está en la biblioteca, adentro de un libro que se llama "El Extranjero" de Albert Camus.

Me reí. ¡Qué les iba a importar a ellos el nombre del autor! El más chico lo fue a buscar. Como tardaba mucho, el más grande fue conmigo hasta la biblioteca. El compañero estaba sentado en el piso, con los mil pesos a su lado, leyendo el libro donde había encontrado el fajo de billetes. Pero vos sos pelotudo o qué, agarrá la guita y vamos.

Le dio el fajo de billetes y se guardó el libro en un bolsillo. Antes de irse me encerraron en un bañito que había mandado construir mi abuelo para su cuarto, y que no tenía ventanas, sólo tenía un respiradero mínimo a través del cual no se podía ver. Entrá, total al mediodía llegan tus padres y te abren.

Con tal de que se fueran no dije nada. No me di cuenta en ese momento de que me quedaba encerrado con llave en un cuarto de dos metros por uno, sin ventanas.

Escuché con alivio el ruido de la puerta de calle al cerrarse. El baño estaba cubierto hasta unos dos metros de altura con azulejos blancos ya medio gastados. A partir de allí las paredes estaban pintadas con un blanco que ya estaba medio gris. Tenía un inodoro, un bidet, un lavatorio, y un armario con espejo. Bajé la tapa del inodoro, me senté, y me puse a llorar. El mundo se me ponía en contra. Todo se me venía abajo y no podía hacer nada. Después de llorar un rato largo, me fui tranquilizando de a poco y me puse a analizar la situación. Llorar me serviría para descargar los nervios, pero no para resolver el problema. Era un buen momento para hacer listas. Como no tenía con qué escribir, hice dos listas mentalmente: una de cosas positivas y una de cosas negativas:

Positivas:
1) No me habían lastimado
2) Tenía luz eléctrica
3) Tenía agua para tomar
4) No estaba atado
5) Podía hacer pis y caca sin problemas
6) Me podía bañar

Negativas:

1) Estaba encerrado

2) No tenía el celular

3) No tenía nada para comer

4) No se escucharían mis gritos

5) En el mejor caso de que se escucharan, se revelaría mi secreto

6) No tenía elementos para escribir

7) Al día siguiente iba a tener que faltar al colegio, y si llamaba alguien a casa no iba a contestar nadie

Plan de acción:

1) Tratar de abrir la puerta

2) Tratar de romper la puerta

3) Tratar de romper el respiradero

4) No se me ocurría nada más

1. En uno de los cajoncitos del aparador del baño había una especie de pinza de las que usan las mujeres. Intenté meterla en la cerradura y moverla como hacen en las películas, probé de todas las formas posibles, pero no hubo caso. Por lo tanto, pasé al plan dos.

2. La puerta era de madera. Con un martillo o algo pesado no hubiera resultado tan difícil romperla, me imagino. Pero no tenía nada parecido. Pensé que con algo filoso podría abrirla, entonces me envolví la mano con varias vueltas papel higiénico para no lastimarme y le pegué fuerte al espejo, que quedó quebrado con un dibujo muy

especial: mi cara al reflejarse quedó descompuesta en diez o doce partes. Me quedé un momento mirándola. Estaba dividido en pedazos, desconcertado y desencajado por el miedo a no poder salir de allí nunca más. Y allí entendí lo que nuestra maestra nos había tratado de explicar sin éxito a toda la clase. Nos decía que una pintura puede reflejar exactamente a un objeto o a una persona, y eso es realismo. Pero si lo que refleja no es nuestra apariencia externa sino nuestro estado de ánimo, o el suyo, se trata de otro tipo de expresión. Sin querer, en ese momento transformé al espejo en una obra de arte, en un cuadro muy particular, que duraría el tiempo que me quedara mirándolo, ya que si lograba sobrevivir y liberarme y volvía a mirar el espejo, ya no sería lo mismo. Estuve, mientras tanto, tratando de perforar la puerta presionándola con la punta filosa de uno de los pedazos de espejo. La giraba, la movía para arriba y para abajo. En dos horas solo logré sacarle la pintura y penetrar un par de milímetros en la madera. Agotado, me acosté en la bañadera y me quedé dormido. Cuando me desperté, una lucecita que intentaba entrar por el respiradero me indicaba que serían las siete u ocho de la mañana. Tenía el estómago vacío y me moría de hambre. Decidí que cada vez que tuviera sensación de hambre, tomaría medio vaso de agua. Con eso me calmaría un poco. Empecé la mañana con el plan tres.

3. Agarré otro pedazo de espejo y empecé a rayar la unión entre el respiradero y la pared, para tratar de desprenderlo. Esta tarea era mucho más incómoda que la de

la puerta, ya que para llegar hasta el respiradero debía pararme en el borde de la bañadera y estirar el brazo. El polvo que se desprendía se me venía a los ojos. Además, tenía que ir cambiando de trozos de espejo porque se iban gastando sin resultado. Calculé que ya sería mediodía. Nunca en mi vida había tenido tanta hambre. Seguía tomando de a medio vaso de agua, por lo que hacía pis a cada rato. Cuando desistí de sacar el respiradero, estaba con la cara llena de polvo. Miré la lista para pasar al punto siguiente y decía: 4) "No se me ocurre nada más". Me di un baño de agua caliente, tomé otro medio vaso de agua y me tiré en la bañadera a pensar positivamente en algo nuevo. No quería dejarme llevar por la desesperación y ponerme a llorar pensando que me iba a morir de hambre solo como un perro en ese bañito.

Mirando el respiradero se me ocurrió que si bien daba a un patio interior, se veía desde la calle. Mis zapatillas no tenían cordones. Me saqué la remera y la corté en tiras finitas, con la ayuda de los cristales del espejo. Uní las tiras de tela con nudos, y en la punta dejé un trozo más ancho. Mi idea era escribir allí "SOCORRO", pero ¿con qué? Era inútil buscar en los cajoncitos del aparador. Ese baño no se usaba desde que mi abuelo se había muerto y no había nada en ellos. No me quedó más remedio que cortarme la yema del dedo con la punta de un pedazo de espejo. Con esa misma punta fui trasladando gotitas de sangre y fui escribiendo "socorro" en el pedazo de remera. Al menos si alguien veía el trapo ensangrentado algo haría, supuse. Pasé primero el pedazo de remera con la palabra por uno de los espacios del respiradero, y después toda la cinta que había armado, que mediría unos dos metros. Me guardé una parte en el interior, que tiraba y aflojaba para llamar la atención con el movimiento. Pero el respiradero estaba a unos tres o cuatro metros de la vereda, y en un primer piso. Era difícil que se viera. Así estuve toda esa tarde. Cuando se hizo de noche, até una zapatilla al extremo de la cinta que sostenía desde el baño para que no se me perdiera. Me senté en el piso, encogí las rodillas, las abracé como abrazándome a mí mismo, apoyé la frente en ellas y me puse a llorar. Nadie me vería nunca más. Me moriría solo dentro de ese cuarto de baño.

Así pasé toda mi segunda noche. Ya el hambre no se sentía como lo sentimos cuando llega la hora de comer y no comemos. Era un retorcijón fuerte en el medio de la panza, que dolía. Y yo le podía entregar solo agua. Si sobrevivo, pensaba, lo voy a agregar en el mapa de los sentimientos.

Si hubiera podido escribir, aun a esa edad hubiera escrito algo interesante. Escribir en la ebullición de la angustia saca lo mejor de nuestro espíritu. Esa mañana me abandoné. Las lágrimas que no me salían me quemaban los ojos. No tuve más esperanzas, ni ideas, ni planes.

No tuve más esperanzas, ni ideas, ni planes. Procuraba pasar el tiempo imaginando olores y sonidos. El aroma de un buen sándwich de jamón crudo y queso con manteca en pan de pebete, el crepitar de un vaso de Coca fría y efervescente, el perfume de mis sábanas cuando me voy a dormir, el olor de la biblioteca, el de mi mamá. Los imaginaba con tanta intensidad que se podría decir que realmente los olía. Todo había terminado. Sólo me extrañaría Clarita, algún compañero de colegio y la maestra. Filomena no tendría a quién hacerle reproches, probablemente extrañaría eso. A Eriberto le llamará la atención que su confidente de doce años haya dejado de ir. Pensará que se mudó, o que se aburrió con sus historias. Nada más. ¿Cuánto tiempo pasará hasta que alguien dé la orden de entrar en casa, forzar la puerta del bañito y encontrar el cadáver de un niño? ¿Se aclarará el misterio? ¿Encontrarán el cadáver de mi abuelo, perdido en la morgue? ¿A alguien le interesará encontrarlo? Probablemente no. ¿Pondrán algún día los tres cadáveres juntos? A lo lejos se escuchaba el ruido del ventilador de techo.

Otro ruido, que al principio confundí con uno de los que hacía mi estómago, me despertó. Me incorporé y me quedé un rato quieto. No se repitió. Sería un ruido de la calle, pensé. De pronto escuché la cerradura de la entrada. Me quedé quieto. Un minuto después, se abrió la puerta del baño. Lo primero que vi fue una pistola apuntándome. Era el más chico de los dos ladrones. Loco, sabía que me bardeabas cuando dijiste que tus padres iban a volver al día siguiente, yo también bardeo, pendejo, quetecresquesoigil, me había llevado la llave, pasé hoy y vi en la puerta dos diarios en el sopi, caminé por la vereda del costado y vi que de un respiradero salía una cinta con algo en la punta, no creas que vine a sacarte del encierro porque soy bueno, pero anoche leí el libro en el que pusiste los mil sopes, el extranjero, es la primera vez que leo un libro entero, tabueno, pero hay algo que no entendí, bolú, por eso vine, decime, el chabón ese, el franchute, porqué carajo mata al árabe, se fue a la mierda, ¿no?. Tragué saliva, yo no había leído ese libro, y no sabía si mi vida dependía de mi respuesta, me quedé mirándolo, no tenía la menor idea de lo que me hablaba, nos miramos durante unos segundos eternos, en silencio, el ventilador de techo sonaba de otra manera: ahora en cada vuelta hacía un zumbido agudo, parecía un *SSSííí - SSSííí - SSSííí* . Tenía la sensación de que si no respondía algo me mataba. Porque sí, le dije. Se quedó mirándome en silencio, pensativo. Pensé que me iba a disparar y se iba a ir. Sin embargo, pasó un buen rato largo mirando al vacío en que parecía que rememoraba lentamente el libro y parte de su vida, tenía una mirada triste, lenta, hasta me pareció ver que sus ojos brillaban de lágrimas, estaba tan colgado que podía haberle sacado la pistola, pero no me animé. Al final, me dijo, mientras me miraba a mí y después miraba la pistola, y volvía a mirarme a mí, sabés una cosa, man, tenés razón, lo maquina porque sí, porque sí nomás, como yo te podría maquinar a vos ahora, porque se le da la gana.

No dijo más nada. Guardó el arma, bajó las escaleras y desapareció.

Todo terminó un martes, me llevó dos días enteros reponerme, comer, dormir, recién el jueves fui al colegio. Cuando doblé la esquina del cole, vi que a lo lejos alguien se acercaba corriendo. Era Clarita. Cuando llegó hasta mí, me dio un beso, estábamos preocupados por vos, en tu casa nadie atendía el teléfono, pensábamos que te había pasado algo, o que te habías mudado sin avisar, qué flaco que estás, pensábamos quiénes, le pregunté. Esta vez fue ella la que se puso colorada. No, yo sola, pensaba, me dijo mirando el piso. La agarré de la mano y fuimos caminando así hasta la puerta del colegio. Creo que esos minutos me borraron el sufrimiento de los días pasados, y hasta llegué a pensar que había tenido suerte, que me había pasado lo que me pasó para que después Clarita me recibiera como lo hizo y haber podido caminar con ella agarrados de la mano. Me hubiera gustado contarle todo. Pero no podía. Si ella hubiera conocido mi secreto, al no aparecer por el colegio, ella misma hubiera descubierto la verdad para encontrarme. Pero también tenía que pensar que me podría haber muerto en ese baño, y que tendría que buscarme alguien confiable para contarle el secreto, con el compromiso de que no lo revelara salvo en caso de vida o muerte. Y ese alguien podría ser Clarita. ¿En quién más podría confiar? ¿En Eriberto, o en la enfermera del Dr. Antoniazzi? Pero los grandes me parecían más peligrosos, porque razonarían como grandes y podrían delatarme creyendo que era lo mejor para mí.

EL PROFESOR DE POESÍA

Un día la maestra anunció que vendría al colegio un poeta. Un señor que escribe poesías. A la maestra de Lengua le pareció útil que lo conociéramos en persona. Yo me imaginaba a un señor melenudo, sucio y mal vestido, que diría cosas en un lenguaje difícil. En las poesías se suelen nombrar las cosas no por sus nombres concretos, y eso para mí no era claro. Para qué confundir las cosas, pensaba yo, si cada una tenía su nombre y así nos entendemos todos.

En el segundo recreo se acercó a hablar con la maestra un señor. Pensé que era el padre de uno de mis compañeros, pero cuando empezó la clase la maestra nos lo presentó, y era él. No tenía nada del aspecto que me imaginaba. Empezó diciendo que nosotros utilizábamos todos los días recursos poéticos, una metáfora, por ejemplo, como cuando uno le dice a su mamá "te quiero hasta el cielo". Si bien lo que queremos decir (yo ya no puedo, y eso me entristeció mucho al comienzo de la clase) es "te quiero mucho", es cierto que si decimos "te quiero hasta el cielo" estamos diciendo más que "te quiero mucho", aunque de alguna manera estamos falseando la verdad absoluta. Era una buena explicación. Si relatamos las emociones o los hechos en forma directa, dijo, eso no sería poesía, sino una simple descripción como la que se lee en los folletos de los electrodomésticos que compramos. Me hizo acordar a la caja que encontré un día en casa llena de folletos de electrodomésticos que traducía mi padre. Mi madre nunca quiso explicarme para qué estaban allí, pero no los tiraba. "Lo que diferencia a la poesía del texto de los folletos", decía el profesor, "es que ésta, al leerla, nos conmueve, y nos puede hacer reír o llorar, o ponernos tristes o melancólicos, o alegres y enamoradizos. Y eso es porque en lugar de hacer una fotografía de la vida real, la poesía interpreta sentimientos, o sea que cuenta lo que hay detrás de una cara, no describe solo la cara". Y entonces me acordé del espejo. Tanto la pintura como la poesía son formas de arte. Y llegué a la conclusión de que para describir la realidad en su lado escondido y sentimental, había que deformarla un poco, o descomponerla de alguna manera. ¿O dijo "deconstruirla"? Esa deformación era capaz de transmitir un pensamiento o un sentimiento mucho mejor que una simple foto o una descripción fría y realista. Mientras mis compañeros le hacían preguntas me quedé pensando en esto, y como me había quedado mirando a una ventana, el poeta me preguntó y vos, en qué estás pensando. Estaba pensando en el espejo roto y mi cara reflejada, y me pareció que él trataba de explicar lo mismo que la profesora de dibujo, pero en poesía. Le dije que para mí la poesía era una "deformación intelectual" de un sentimiento, y por supuesto todos se rieron, menos Clarita. Pero el poeta me pidió que lo explicara, y mientras algunos seguían riendo y otros miraban aburridos, Clarita me miraba con esos ojos de "vos siempre el mismo", y supe en ese momento que era la única persona en el mundo que me entendía y por lo tanto a la que podía contarle la verdad. Porque ya no aguantaba más guardarme el secreto yo solo.

El escritor siguió su charla y contó cosas interesantes, como que al empezar un poema no siempre lo hacía de la misma manera. A veces se le ocurría solo una línea que tenía cierta musicalidad, y empezaba a asociarle líneas que mantuvieran ese ritmo, y el sentido de la poesía se iba dando solo. Otras veces era un tema o una situación determinada la que le disparaba la idea. Escribía un borrador, y día a día le iba sacando y poniendo palabras, a veces cambiando el sentido inicial. Cuando la leía después de dos o tres días sin cambiarle nada, contó, entonces el poema estaba terminado. Decía que había que escribir con el corazón y corregir con la cabeza. Pero con cuidado: "la razón debe ser el agua que debe contener el fuego, pero nunca apagarlo". Nos explicó que la rima no era imprescindible para que la poesía fuera poesía. Contó que Borges, que no estaba muy a favor del uso de la rima porque decía que encasillaba el texto, a veces también la usaba. También contó que los escritos no siempre son autobiográficos, pero sí los sentimientos sobre los que se habla, que él traslada a situaciones imaginarias.

"La musicalidad de la poesía", decía, "puede no llegarle al lector. Si sucede, se establece una comunicación, una identificación especial, una conexión entre el autor y el lector. Eso es maravilloso, y se puede aplicar a cualquier obra de arte". Después nos leyó un poema que le había escrito a su madre cuando tenía nuestra edad. Había sido su primera obra. Creo que logró contagiarnos su pasión por lo que nos estaba enseñando. La clase entera permaneció en silencio, y me sorprendí de que todos le prestaran atención. Él había logrado una conexión con nosotros, con su arte de enseñarnos, y pienso que más de uno al día siguiente habrá intentado escribir su primer poema. Yo también.

El peligro

Un día que volvía de hacer las compras, tres hombres caminaban delante de mí. Dos de saco y corbata, uno de ellos pelado y el otro con bigotes; el tercero, más joven, tenía jeans y remera. Como íbamos a la misma velocidad y en la misma dirección a lo largo de la cuadra de mi casa, manteníamos la misma distancia. Ellos iban mirando los números de las casas, y se notaba que no eran del barrio. Cuando llegaron a mi puerta, se detuvieron y tocaron el timbre. Se me paró el corazón. Seguí como si nada para no ponerme en evidencia, corriendo el riesgo de que si me conocían por alguna foto estaba perdido. En el preciso momento en que iba a cruzarme con ellos vi a Clarita que llegaba con un libro que le había prestado y que le había pedido que me devolviera solo para verla un rato fuera del colegio. Los hombres ya tocaban el timbre por segunda vez, impacientes, mirando a los dos lados, tal vez buscando algún vecino que les diera información. En ese momento Clarita me ve a través de los hombres y está por gritar mi nombre. Yo grito primero el suyo, paso a los hombres corriendo, la agarro de la mano y me la llevo lejos. Qué pasó, quiénes son, preguntaba Clarita mientras caminaba a mi lado a paso apresurado. Vamos a la plaza y te cuento, ¿son policías, hiciste algo malo?, no sé si son policías, pero es posible que me estén buscando, y no hice nada malo, y entonces, no entiendo nada, por favor contame, te cuento, pero me tenés que jurar que no se lo vas a decir a nadie, si se lo contás a alguien me matás, me encanta la idea de saber un secreto, pero me estás asustando, contameló, te juro que no le voy a decir nada a nadie, te cuento, yo vivo solo, mi abuelo se murió y nadie se enteró, no quiero que me manden a un instituto para menores y que me adopten, solo me arreglo bien, necesito que me entiendas, porque sos la única persona que lo sabe.

Clarita se quedó muda un buen rato. Necesitaba asimilar el enorme secreto que le había resumido en tan pocas palabras. Yo también me quedé en silencio. Contarlo así, en forma cruda y directa, fue como si lo hubiera escuchado de otra persona. Y la verdad es que, así el cuento daba miedo.

Clarita se mantuvo seria, mirando el pasto, mientras me preguntaba de a poco cómo había hecho para vivir solo todo este tiempo. Estuvimos un rato largo en la plaza. Después que terminé de contarle todo, se levantó y me dijo vamos a ver si siguen los señores allí. Por suerte se habían ido. No dejaron ninguna nota. Ahora entrá en tu casa que yo me quedo mirando si no están cerca, no abras las persianas, que no se vean luces desde afuera, si prendés la tele ponela bajito, ahora tengo que volver porque mi mamá me va a matar, quedate tranquilo que no voy a contar nada, pero dejame pensar todo y mañana hablamos.

Me dio un beso y se quedó mirándome mientras entraba. Desde dentro, vi cómo ella cruzaba la calle y vigilaba para todos lados. Cuando vio que estaba todo en orden, partió para su casa. Me parece que me conseguí una cómplice, pensé.

Y había pensado bien. Hablamos por teléfono más tarde, y me dijo que pasaría a buscarme todos los días para ir al colegio. A partir de ese día, ella miraba alrededor de la puerta de casa. Si no veía nada raro, tocaba el timbre y yo salía tranquilo. Mantenía la casa cerrada para que no se viera luz desde afuera y salía lo menos posible. Hacía las compras a la vuelta del colegio para evitar una entrada y una salida adicional. Clarita estaba fascinada con su papel de agente secreto y yo estaba encantado de que camináramos juntos todos los días hacia el colegio.

MI PADRE

Me hubiera gustado conocer a mi padre. Muchas veces me pregunté qué pudo haber pasado para que un padre se aleje de su hijo y no lo vea más. Alguna vez se lo pregunté a mi abuelo, que rehuía el tema, y a mi madre, que moqueaba y empezaba a retorcer la cara cada vez que se lo preguntaba, con lo que también lograba evitar las respuestas. Evidentemente, después de leer la nota en el blog me di cuenta de que así como ese tal Equis no pudo asumir la responsabilidad, tampoco lo había podido hacer mi padre. Sea el mismo o no, lo único real es que huyó. La huida de los problemas debe haber sido una estrategia familiar. Me gustaría conocerlo, o aunque sea ver una foto. Puse en Google "Javier Peralta", y "Equis", por si era él, hice clic en "Imagen" pero no encontré nada. He tratado de imaginarme su cara. Mi madre se encargó de eliminar cualquier rastro. Nunca pude ver una foto suya. Nunca vi nada de su ropa, pero debía haber objetos en la casa con los cuales habrá convivido. Miré el escritorio de la biblioteca, y traté de imaginar qué había pensado al pararse en mismo lugar y mirar la misma imagen. ¿Cómo habrá puesto sus dedos al abrir ese cajón? ¿Cómo lo habrá cerrado, tomándolo de la manijita de bronce, con las yemas de los dedos hacia arriba o hacia abajo? ¿Habrá leído todos los libros de la biblioteca? ¿Qué libros le habrán gustado más? Sé por lo poco que le pude sacar a mi abuelo, que le gustaba leer y que escribía. Durante mucho tiempo revisé cada cajón, cada estante una y otra vez.

El escritorio, grande, con infinidad de cajones y divisiones, algunas secretas, me hacía abrigar siempre la esperanza de encontrar algún compartimento escondido donde podría haber quedado alguna pista que se hubiera mantenido a salvo del pertinaz empeño negador de mi madre. Uno y otro día deslizaba las mismas divisiones de madera, para volver a encontrar pequeños espacios en donde solo me encontraba con los mismos clips, gomitas, restos de puntas de lápices retorcidas por el filo de un sacapuntas, tarjetas de presentación cada vez más amarillas de gente desconocida, o llaves en desuso. Cosas que nunca terminaba de arrojar a la basura. Hubiera sido más descorazonador aún encontrar esos espacios vacíos, que reencontrarme cada vez con esos viejos e inútiles objetos, tal vez también testigos de alguna acción de mi padre, como si me pudieran en algún caso contar, quizás, algún comentario de él acerca de mí o alguna pelea con mi madre o con mi abuelo, o cualquier pista al fin que me dibujara aunque sea someramente algún rasgo de la personalidad del que aportó su cromosoma (involuntariamente) para configurarme, y sin el cual yo no hubiera existido como tal, ni de manera parecida siquiera.

Hasta que un día de esos que revisaba el escritorio corrí sin querer el piso de un cajoncito y toqué un papel escondido. Estaba medio amarillo, no se trataba de un recorte de diario o una lista del supermercado. Aunque estaba solo, cerré la puerta de la biblioteca y me senté en un sillón cómodo con una lámpara detrás. Antes de leerlo me dio ganas de ir al baño como siempre que encontraba algo nuevo, como un libro interesante, o un objeto que podría haber sido de mi padre, o algo que me intrigara, me pasaba eso. Pero esto era superior a todo. No sabía todavía qué era, pero era algo importante. Ese misterio justificaba mis ganas de ir al baño, con más razón que cualquier otra vez. Fui, y cuando volví me senté en el sillón, desplegué las hojas arrancadas aparentemente de un cuaderno con espiral, por lo desprolijo del corte de uno de sus bordes, le puse el número 4 y me puse a leer:

Escrito Nº 4
Relato

QUIETO

Volvía de una de esas reuniones en que algunos más habladores cuentan cosas predecibles y los demás igual de predecibles pero que hablan menos asienten levantando y bajando el mentón algunas veces con más énfasis y otras con menos y por supuesto también bajan y suben el resto de sus redondas cabezas diciendo qué bien la estoy pasando estamos todos de acuerdo ahora vamos a tomar un champucito o una birra (gesto de complicidad porque dije champucito y birra, en lugar de champagne o cerveza) no es momento para contradecir decime cualquier boludez que yo no te preocupes voy a subir y bajar mi redonda cabeza asintiendo a cualquier pavada esperando que vos después hagas lo mismo o sea asintiendo aunque piense algo parecido a lo contrario porque no tengo bien claro que es lo que pienso ni tampoco tengo bien claro lo que pensás vos pero en realidad no importa mucho tomemos el champucito o la birra o los dos (je) y vayámonos a nuestras casas, yo me voy solo, mi mujer ya se fue, sin discutir que mañana viene el inevitable domingo a la tarde que me recuerda que al día siguiente tengo que ir de vuelta a la oficina y allí asiento nuevamente arriba abajo, arriba abajo, con mi cabeza ya redondeada también de tanto subirla y bajarla pero ahí me cuesta un poco más, che, quequerésquetediga.

Volvía solo en el auto porque mi mujer, viéndome alegre, se había ido antes en un remise, presa de un ataque de furia menopáusica antietílica. Venía por un camino lateral de la ruta 3 que me debía dejar en la autopista para evitar algún control policial que me hiciera soplar el molesto aparatito. Llovía. Estaba solo, cansado, y con un sueño con gusto a alcohol. Seguí derecho donde debía de haber doblado. Velocidad de autopista en un camino barroso, lateral. Cuando me di cuenta, en la mitad de una curva, perdí absolutamente el dominio del auto, que empezó a dar vueltas sobre sí mismo.

Tenía puesto el cinturón de seguridad. Empecé a dar vueltas, daba vueltas y vueltas pero no sentía dolor. Debo haber dado unas seis o cinco, no sé. Cuando el auto se detuvo era un bollo. Y yo adentro. Las chapas que me rodeaban se habían dispuesto con precisión de ingeniería de manera que me inmovilizaron sin haberme lastimado. Pese a todo, no perdí la conciencia, tampoco sentía dolor. No tenía ni hambre, ni calor, ni frío. Podía pensar libremente. Seguramente había sido visto por alguien, y una ambulancia o los bomberos vendrían rápidamente a socorrerme

Comencé a explorar cuidadosamente mi cuerpo desde abajo hacia arriba. Tenía inmovilizados los empeines. Podía levantar y bajar un poco los dedos de los pies, lo que facilitaba la circulación de la sangre, pero nada más. Las piernas, aprisionadas, estaban inmóviles entre dos chatarras. A la altura de los pulmones las chapas dobladas me permitían respirar y nada más. Los brazos se encontraban bien apoyados, ni elongados ni encogidos. De las manos apenas podía mover parte de los dedos. La cabeza no estaba en posición incómoda, pero me resultaba totalmente imposible realizar ningún movimiento con ella o con cualquier otra parte del cuerpo, lo que empezaba a desesperarme. Solo podía mover los ojos, que veían únicamente los hierros retorcidos del techo del auto. ¿O era el piso? De repente fui consciente de que podía volverme loco en un minuto si me atacaba el pánico. Si me tranquilizaba y pensaba, podría sobrevivir.

Alcancé a ver mi reloj. Ya había pasado una hora, más o menos. El auto, evidentemente, había ido a parar a un matorral. No sería fácil ser visto desde la ruta. No me quedaba otra actividad que el pensamiento. Nadie acudiría a mí en días. Semanas quizás.

Debo hacer como los presos. Yo también estoy preso. Mi cuerpo está preso, mi entorno es una cárcel en su mínima expresión de espacio, en su máxima expresión de encierro. Me encuentro inmerso en una única y verdadera soledad. Una soledad absoluta, inapelable, plena, sola. Todo mi universo se circunscribe a mi cuerpo y a unos pocos centímetros más. Mi radio de acción es igual a cero. Mi toma de decisiones no puede ir más allá de abrir y cerrar los ojos, tragar saliva, respirar. En algún momento necesitaré liberarme de sólidos y líquidos que se quedarán pegados a mi cuerpo generando olores insoportables, de los que no podré sustraerme. Con el tiempo, me crecerán las uñas y el pelo. Mi cuerpo se irá consumiendo en vida. Imagino, para pasar el tiempo, olores placenteros. El aroma intenso de una comida, el olor del sexo, el perfume familiar de mis sábanas, y en cada uno de ellos me detengo y vivo toda una situación en la que el olor es protagonista y logro que mi nariz me haga comer, me haga tener sexo y hasta me arrope con mis sábanas de todos los días, limpias, tibias, acogedoras. El tiempo transcurre. Pronto empezaré a tener hambre y sed. Y si no encuentro la forma de liberarme, moriré, seguramente después de un ataque de pánico claustrofóbico que me hará perder la razón.

¿No habré muerto y esto es solo el inicio del infierno? ¿O acaso esto es mejor que las eternas oximorónicas llamas sin luz? ¿O será la antesala de la muerte, una especie de purgatorio donde expiaré mis pecados antes de desaparecer? ¿No es más temible un castigo en posesión del cuerpo que fuera de él? ¿Cómo podríamos sufrir el contacto con un fuego sin posesión de una piel, sin nervios ni neuronas que transmitan dolor? ¿La peor condena consistirá tal vez en conservar el cuerpo pero sin la posibilidad de utilizarlo, permanecer una eternidad solo con la esencia de uno mismo, sin ni siquiera la compañía de su cuerpo? Creo que estoy ante dos posibilidades: esto es el infierno o estoy perdiendo la razón. Tal vez sea necesario perderla para poder transitar esta inmovilidad por días sin sufrir. Tal vez perderla sea la única manera de huir del infierno. Tal vez esta soledad en estado absoluto sea el verdadero infierno.

¿O por el contrario, no estaré en un espacio solitario pero ideal, sin placeres físicos y a la vez sin molestos dolores? ¿No estaré viviendo una oportunidad eterna de utilizar la esencia de mi espíritu, libre de pudores, de obligaciones, de mentiras propias y ajenas, libre de agravios y ofensas, y libre de educación y de moral al haberse tornado éstos totalmente innecesarios, y libre de utilizar su potencial en su totalidad, logrando un clímax de meditación interior solo alcanzable en esas circunstancias? ¿Será éste un estado de soledad abstracta, perfecta, espiritual, inmóvil? ¿Y si éste fuera el cielo?

No me resultaba fácil leer este tipo de textos de mi padre. ¿Ese era el fin del cuento? ¿Se trataba de un cuento o alguna vez lo había vivido? ¿Lo habrá terminado alguna vez? ¿Habrá encontrado respuesta a alguna de sus preguntas?

Un hombre angustiado que estaba en un callejón sin salida y que necesitaba escaparse. Que no soportaba la mediocridad barrial-familiar- vecinal en la que se encontraba junto a mi madre, a su suegro y a mí. Que probablemente no se toleraba ni a sí mismo. Que estaba encerrado como el tipo del auto, pero a la inversa.. Podía mover los músculos pero no el pensamiento. Estaba encerrado en su propio cerebro, y si no salía se moría. Estaba peor que el tipo del auto.

Otro fin de semana

Llega otro fin de semana. No me asusta. Necesito tiempo para pensar. Me tiro en la cama, miro al techo y sigo con la vista esas pequeñas obstrucciones de color que están dentro del ojo, que forman parte de lo que vemos y son como basuritas que vuelan con movimiento propio. Las sigo, parece que caen, pero cuando las voy a buscar con la mirada se escapan rápidamente hasta que dejo de buscarlas. Cuando me acuesto en mi cama tengo la misma sensación que cuando pongo a cargar el celular. Lo encajo en su espacio correspondiente, enchufo el cargador y espero unas horas. En mi caso solo habría que enchufar la cama. Me ubico siempre en el mismo lugar, en la misma posición y me cargo de la energía que luego necesitaré para enfrentarme al otro, al mundo, a la soledad de mi casa, a poner caras que no quiero poner, a mentir para sobrevivir sin que me lleven adonde no quiero, a resistir en silencio, y hasta para llevar adelante la relación con

Clarita. Recién me produjo una gran descarga leer el escrito de mi padre. Voy a necesitar todo el fin de semana para recargarme en la cama.

Como un animalito que se encierra en su caparazón para rehabilitar su piel herida por un depredador.

Mi amigo invisible

A veces me imagino que soy como el único personaje de un reality show, de un Gran Hermano gigante que se ve desde todas partes del planeta, que toda la humanidad sigue mi vida desde sus pantallas, como en la película The Truman Show, y que hay cámaras por todos lados en mi casa y en el camino al colegio, y en cada rincón por donde me pueda mover. Y que hay gente que me mira y analiza lo que hago. En este momento habrán leído los borradores de mi padre y me verán acostado. Se deben estar aburriendo, porque pueden ver todo pero no pueden ver lo que pienso.

Otras veces me imagino que llegó un extraterrestre a mi casa, que vive conmigo, al que yo solo puedo ver, y que entiende mi idioma, pero que necesita que alguien le diga cómo funcionan las cosas en este mundo. Entonces le explico hasta las cosas más insignificantes, como el movimiento que hay que hacer para levantar una sábana para destaparse, o cómo hay que apoyar un pie después del otro para caminar. Y él va aprendiendo, incorporando los conocimientos y poco a poco se va transformando en un ser humano pero depende absolutamente de lo que yo le cuente. Hasta ahora le pude explicar el porqué de no tener madre pero no el porqué de no tener padre, y me sigue preguntando insistentemente por qué los demás chicos sí tienen padre y madre y yo no tengo a ninguno de los dos. Así me pasé todo el fin de semana aburriendo a los que me miran a través de las cámaras y contándole a mi amigo por qué mi padre se había ido, cosa que los mirones no podían escuchar porque a mi amigo no necesito hablarle. Le transmito lo que quiero por telepatía y él me entiende perfectamente.

Vino el cartero. Es una carta que viene desde New York, sin remitente. La numero.

ESCRITO N° 5
CARTA

Acá estoy, apuro enormes cantidades de café latte en vasos de telgopor, químico, industrial, descartable, impersonal, inevitable. Golpeo el frío glacial y esquivo locos que hablan solos por la calle, a mendigos que con una mano piden limosna y con la otra hablan por su celular. ¿Hablarán con alguien, o conversarán con su celular? Personajes escapados de la última novela de Paul Auster. No reconozco los códigos gestuales, sin prejuzgar, sin catalogar, sin estratificar, sin condicionarme. No encasillo actitudes, caras, ropas o miradas. Y eso me libera. ¿Será una condición del extranjero en cualquier país? ¿O será la condición de todo el mundo en esta ciudad? Amo más esa masa informe que dejé allá, del lugar en que nací, lugar que nunca entendí. Náusea existencial local. Gris de pertenencia versus lo inexplorado emancipador. Y acá sobrevivo, se puede decir que vivo, pero no puedo ser feliz teniéndote tan lejos.

Me quedé mudo. Ese día no pude escribir. ¿Mi padre me había escrito a mí? ¿O sin saber nada de lo ocurrido, le había escrito a mi madre arrepentido de haberse ido? Me quedé con la esperanza de la primera posibilidad. A la mañana siguiente Clarita, aún preocupada, me pasó a buscar para ir al Colegio. No pude contarle nada de la carta. Para colmo, me dijo que después de terminar las clases, en pocos días, se iba a Mar del Plata con su familia.

Navidad

Las cosas buenas, las cosas malas, las que no queremos que lleguen y las que sí queremos que lleguen, todas finalmente llegan, siempre llegan. Hoy es Nochebuena. Ya son las doce. Y estoy solo. Y hasta parece que pudiera escuchar el choque de las copas de todos mis vecinos, de todo el barrio, de todos los habitantes de mi ciudad, de todo el país. Y en realidad, de todas las ciudades que tienen nuestra misma hora, como nos explicó la profesora de Geografía: que si bien acá cerca en Chile ya tienen otra hora, allá lejos en Nuuk, Groenlandia, están brindando a la misma hora que nosotros, porque están en nuestro mismo meridiano. Mi mamá me hacía brindar con Coca Cola, en contra de lo que quería mi abuelo, que le decía que brindar sin alcohol daba mala suerte; él le insistía en que me dejara mojar los labios con champagne. Entonces yo me mojaba los labios y me hacía el borracho, mi mamá se hacía la enojada, mi abuelo le decía que no exagere, y yo seguía haciéndome el borracho. Al final mi mamá y mi abuelo se reían a carcajadas y yo era muy feliz, pero en ese momento no me daba cuenta. Hoy me suena el eco de esas carcajadas, que parece que estuvieran escondidas en los poros de las paredes, esperando a que llegue esta Navidad para salir en este mismo momento en que tendríamos que estar poblando el aire con unas nuevas.

Imagino en Nuuk a alguien como yo, con una madre y un abuelo, (entre los veinte mil habitantes de Nuuk debe de haber un chico que festeje la Navidad con una madre y un abuelo), solo que estarán todos abrigados y con un fuego calentito en la chimenea. La madre, hablándole en groenlandés, no lo dejará brindar con champagne, y el abuelo, también en ese idioma, le dirá a la madre que no exagere, el chico se mojará los labios y después se hará el borracho, y sus risas serán reales y no salidas de los poros de las paredes. Eso me reconfortó. Pensar que esa situación se podría estar dando en ese preciso instante allá lejos, en otro idioma. Me pareció que ellos realizaban una forma de representación de lo que había sido alguna vez una circunstancia de mi vida y con eso me quedé tranquilo. Alguien estaba representando el papel. Levanté una copa con Coca Cola para darle el gusto a mi madre, porque no tenía ánimo para hacerme el borracho. Brindé a la distancia con el abuelo, la madre y el chico de Nuuk, que estarán en este momento almacenando risas en los poros de sus paredes.

Así descubrí una nueva ubicación de un sentimiento. Porque la soledad me dolió tanto ese día que la sentí en el cuerpo como nunca la había sentido, y se me ubicó en una línea que partía de la parte de arriba de mi cabeza y bajaba por los costados del cuerpo hasta la cintura, me rodeaba y me apretaba y no me dejaba levantar los brazos. Me los hacía tener pegados al cuerpo y no me dejaba mover, como un molde de alambre rodeándome todo, más fuerte que los otros sentimientos. Invencible, irremediable, absoluta. Igual que el molde de chapa retorcida que no dejaba mover al personaje del cuento de mi padre.

Intento definir en términos casi matemáticos: Soledad igual Incomprensión de señales involuntarias igual Una comunicación fallida igual Las antípodas, menos que el modo igual El contenido, menos que la forma igual Una mirada que se desvía en la mitad de una frase igual Desvalorización igual Sobreestimación igual Felicidad fingida igual cero es mejor que menos uno desigual Una mirada cómplice al terminar un pensamiento. Desigual Anticipación del estado anímico del otro desigual Sobrevaloración de las necesidades del otro por encima de las propias desigual uno es mejor que cero pero también es mejor que algunos.

Ruidos

Aquel día sentí más que nunca que las cosas golpeaban entre sí. Un choque de dos platos y el movimiento de una cuchara, TAGAROTE. Un vaso contra una mesa de madera, GURIPA. Anoto las palabras porque tengo una mezcla de miedo y curiosidad por saber si las cosas me quieren decir algo o simplemente son similitudes sonoras sin sentido. Una vez escuché, mientras lavaba los platos en la cocina con la ventana abierta a la calle *GURIPA, TAGAROTE.*

Guripa.
1m. Persona que mantiene el orden.
m. Coloq. Soldado (hombre que sirve en la milicia).
m. Coloq. Golfo (pillo).

Tagarote.
m Escribiente de notario o escribano.
m coloq. Hombre alto y desgarbado.

Cualquiera de las acepciones que encontré en el diccionario no presagiaban nada bueno. Miré hacia la calle por la ventana de la biblioteca y vi a unos hombres de traje acompañados por un policía que trataban de mirar hacia dentro de la casa. Tocaron el timbre, que no atendí. No eran simples representaciones de ruidos sin sentido. Los hombres tocaron el timbre algunas veces más, y se fueron, igual que la otra vez, sin dejar ningún papel.

La biblioteca

A medida que voy revisando entre los libros voy encontrando escritos escondidos. Comencé una minuciosa revisión de cada uno, comenzando de izquierda a derecha, y de arriba abajo. En eso descubrí que los libros no estaban colocados al azar. Pude ver que estaban agrupados en:

LITERATURA ARGENTINA
LITERATURA ESPAÑOLA
LIBROS DE HISTORIA
LIBROS DE POESÍA
LITERATURA LATINOAMERICANA
LITERATURA NORTEAMERICANA EN CASTELLANO
LITERATURA NORTEAMERICANA EN INGLÉS
LITERATURA INGLESA EN CASTELLANO
LITERATURA INGLES EN INGLÉS
LITERATURA FRANCESA
LITERATURA EUROPEA (ITALIANA, ALEMANA, ETC)
SOLO BORGES
SOLO VARGAS LLOSA
SOLO GARCIA MARQUEZ
LIBROS DE CIENCIA
LIBROS DE ARTE

Cada estante, por su parte, salvo los dedicados especialmente a un solo autor, estaba ordenado por el apellido de
los autores en orden alfabético.

Me dieron ganas de, aparte de revisarlos en búsqueda de
anotaciones que podrían haber sido de mi padre, ir leyén-
dolos todos de a poco. Pensé que habían sido guardados por
él para que alguien los leyera. Cada libro ocupa un lugar y
está como esperando. Y cuando lo lea, no solamente tendré
una fuerte comunicación con el autor, como nos enseñó el
poeta en el colegio, sino que también podré conectarme
íntimamente con mi padre, que luego de haberlo leído lo

puso cuidadosamente en su lugar, en su estante correspondiente, ordenado por el apellido del autor por orden
alfabético, a la espera de que alguien se conmueva de la
misma manera que lo hizo él al transcurrir sus páginas. Y
me gustaba esa idea de poder conectarme de esa manera
con mi padre, aunque él no se enterara nunca.

Encontré en el libro "Sueño de una noche de verano" de
William Shakespeare" otro papel aparentemente escrito
por mi padre.

Escrito N° 6
Relato

Eran las cinco de la tarde, más o menos. Salimos de un lugar indefinido tomados de la mano. Caminábamos felices por una vereda que nos conducía a algo parecido a una plaza. Su pollera se balanceaba en sentido contrario al de su pelo largo, suelto, rubio, divino. El clima, la ausencia de preocupaciones, el brillo de las vidrieras y de la vestimenta de los que caminaban alrededor me lo sugería. En eso, sobre la terraza de uno de los coloridos edificios de tres pisos que daban a la plaza, nos llama la atención algo así como una representación de una pieza musical. Como parte de la obra, un muñeco gigante con uniforme y gorra de marinero aparece por el borde de la terraza y mira a un público de niños excitados que lo observa desde abajo, fascinado. Nos detenemos un minuto. Ella se adelanta un poco. Nos miramos y sonreímos. ¡Cuántas coincidencias, cuantos códigos habitaban ese segundo de miradas mutuas! La sigo. Una multitud de hombres despeinados y mujeres discretas nos entorpecen el camino. Apenas la puedo alcanzar. Aparecen de pronto los niños díscolos. Estaba ansioso de preguntarle cómo era que estaba conmigo. ¿Cómo es esto mi amor? ¿No te habías ido para siempre? Estoy feliz de tenerte, pero explicame, no entiendo nada. ¿No era que todo había terminado? En última instancia, qué importa cómo. El inmenso torrente de alegría que llenaba mi cuerpo y mi alma me impide formularle la pregunta. Seguimos caminando sacándonos de encima a los hombres despeinados y a las mujeres discretas. Súbitamente, gira hacia la derecha y sube por una escalera de colores que va cambiando de forma y que nos conduce a una probable habitación de hotel. Ya casi la alcanzo. Arriba estaremos juntos y solos. Me impiden el paso los niños díscolos, pero logro subir la escalera, siento un chirrido de una puerta que se abre y un ruido de tazas que se entrechocan. La miro, pero su imagen ya se había comenzado a desdibujar. Un rayo de luz me ciega. Ya no la veo. Estoy en mi cama. Llega el desayuno. La ventana termina de abrirse. Estoy en mi asfixiante, rutinario y triste dormitorio de siempre. Un nuevo día está por comenzar.

Bonjour, tristesse.

Buenos Aires, 1999.

Me imaginé que con esto mi papá no estaba escribiendo ficción. Me imaginé que el sueño era real y que lo que llamaba "mi amor" era mi madre, soñando con una relación que había sido perfecta pero que ya no lo era. O que no se trataba de mi madre, y que se sentía preso y encerrado en esta casa y que finalmente no pudo más y se fue, probablemente detrás de otro amor.

Entonces, a raíz de esto se me ocurrió el argumento de otra película de ciencia ficción. Cuando uno sueña es como un director y productor de cine. Uno diseña, construye los escenarios, la iluminación, los colores. Elige los actores, los viste, hace la puesta en escena y escribe los diálogos que después los actores repiten a la perfección.

En mi argumento se crea un software con la posibilidad de conectar una notebook directamente al cerebro. En el programa uno elige lugares, interiores o exteriores, caras y cuerpos de personas, previamente archivadas con fotos, que pueden ser conocidas o no, e incorporarle escenas con los diálogos incluidos. La computadora se conectará a nuestra mente y mediante pulsos electrónicos desarrollará el sueño tal cual lo imaginamos estando despiertos. Sería una manera maravillosa de vivir hasta la más loca fantasía. Una manera de entrar en un mundo ideal, con personas que serían como nos gustaría que fueran, haciendo del chico bueno uno malo, o al revés, si nos divierte. En el sueño podríamos hasta casarnos con nuestra actriz favorita, ganar un premio Nobel, o un Oscar, volver a hablar con alguien que ya no está, ser el goleador del mundial de fútbol, ver sufrir a su peor enemigo, o hacer que éste se vuelva nuestro mejor amigo. Y cada noche uno se iría contento a dormir, dispuesto a vivir un tercio de cada día de la manera que más le guste, lo que haría para cualquiera, aún para los más desgraciados, más soportables los otros dos tercios del día.

Hacer que la mujer de mi amigo de la librería se arrepienta, le pida perdón y lo quiera. Que mis compañeros no se rían de mis preguntas sino que me admiren por ellas, que cuando se estén riendo yo no piense invariablemente que se ríen de mí y como consecuencia me ponga colorado como un tomate, que no se me transfigure la cara con una mueca incómoda que me impida reírme con ellos, quedar como un idiota, y si me está mirando Clarita no sentirme el boludo más grande del mundo. Porque después el motivo de la risa ya no es el chiste sino mi cara a punto de estallar. Entonces ahí es donde me quiero matar y no sé qué hacer, me quiero ir a mi casa, no aguanto a nadie y lo peor es que al que menos aguanto es a mí mismo pero me tengo que ir solo conmigo.

O hacerme grande e ir en mi auto con Clarita, llevarlos a pasear a mi madre y a mi abuelo, que un día venga mi padre y no me dé ninguna explicación si no se le da la gana pero que me diga que me quiere.

Seguí buscando en Internet pero no encontré nada más de Equis, entonces empecé a recorrer uno por uno de todos los libros de la biblioteca. Al rato, encontré este texto en un libro que se llama "La metamorfosis", de Franz Kafka.

Escrito Nº 7
Relato

Uno, dos, tres, cuatro golpes, sonidos, que rebotan dentro de la casa aumentando su velocidad cada vez que dan contra una de las paredes y transitan las diferentes neuronas, que van reaccionando con pensamientos a veces razonables y a veces resonantes. Encerrado en mi cerebro bien dentro de esta casa y más adentro de esta ciudad y de este país, ya no sé. No sé tampoco qué es lo que me une ni qué me obliga a soportar este encierro con golpes que rebotan dentro de la caja más chiquita que tengo en la cabeza, golpes, utrimientos. ¿Utrimientos? Utrimientos que vuelven a golpear en las paredes, se hacen más grandes y golpean en este barrio, en esta ciudad y más allá. Si no fuera por mi pequeño hijo que todavía no entiende nada, que por más que me acerque y le emita una interminable sucesión de muecas y sonidos que si fuera más grande le provocarían, no sé, llanto o comprensión, o camaradería, o amor, o pa, yo también estoy podrido, me voy con vos, vámonos y empecemos de nuevo, o inclusive (porque también podría ser) bronca o rebelión, o algo que no sea otro tipo de risas, llantos o sílabas incoherentes que en su caso solo quieren, por ahora decir tengo hambre o me cagué o me duele algo. Y cómo se lo digo, cuánto espero mientras las miradas de reproche me cortan la cara y el cuerpo en estas mamushkas de las que hay que salir de todas juntas al mismo tiempo, porque si salís de una y no de la otra se chocarían los utrimientos de mi jefe con los de mi mujer, que son más fuertes, luego con los de la gente que son utrimientos a veces engañosos, conspirativos, descalificantes, que a veces se transforman en un abrazo que en ese momento necesitamos y que resulta reconfortante pero que después nos termina desconcertando o desilusionando. A veces les sirve para ponerse fácilmente de acuerdo pero después se tiran también los utrimientos entre ellos sin darse cuenta de que al final les termina rebotando y haciendo más dura la cáscara que no les permite salir pero que no se dan cuenta pese a todo lo que leen, y pese a lo que gastan en terapias de todo tipo, y pese a las horas que se pasan en innumerable cantidad de actividades superfluas que no les sirven más que para inventar más utrimientos y repartirlos cuando pueden para poder sentir ese pequeño y fútil placer que les da cuando se juntan y vomitan lo que vinieron acumulando durante la semana todos juntos. Porque irse significa automáticamente bloquearlos y desactivarlos casi kriptoníticamente y buscar en la caja más chica el depósito de otra alternativa de utrimiento que tenemos para otro que no esté. Y juzgar, permanentemente juzgar al otro con nuestro utrimiento tan prolijo y envuelto para regalo que no hay que tocarlo porque se arruga. De esa caja hay que salir, porque voy a terminar repitiendo los tics, imitando los gestos y las palabras, y terminaré emitiendo yo también uno que otro utrimiento, que al final va a rebotar y va a terminar fortaleciendo la cáscara que va a terminar siendo una caparazón que si se endurece ya no voy a poder romper así que mejor me voy ahora. Pero, ¿qué hago con este pequeño hijo que es lo único que quiero y que a la vez es el candado que me ata a todas las cajas, pero que por lo menos me genera una reacción que desvía los utrimientos y me despeja el cerebro para todavía poder tener cierto rasgo de lucidez? Y mientras tanto me muevo y los objetos con sus roces y golpes me dicen *CACHULERO, TORIL,* lo que demuestra que estamos tan rodeados de utrimientos que salen por los objetos que como en este caso que me sugieren que soy capaz todavía de romper la caja e irme a ver si existe otro mundo más digerible. Te dejo, Jota. Te dejo para salvarte.

Cachulero. (Del lat. Caveola) 1. m. Mur. Jaula.
Toril. 1. M. Sitio donde se tienen encerrados los toros que han de lidiarse.

No encontré en el diccionario "utrimiento".

Además de coincidir en guardar las cosas valiosas en los libros (mi padre, sus escritos; yo, el dinero), a mi padre los objetos también le comunicaban cosas con sus ruidos. ¿De quién escondería él sus papeles? ¿De mi madre tal vez? Lo cierto es que ella tiraba cuidadosamente cada objeto de la casa que trajera reminiscencias de mi padre, pero como no leía, nunca encontró ninguno de sus papeles escondidos en los libros. ¿Mi padre los habrá dejado allí también pensando que algún día el hijo sería un lector que pudiera encontrarlos?

Irse, a veces, para no suicidarse. Ese relato parecía dirigido a mí. Sentí que me unían lazos todavía más íntimos que los que había comenzado a establecer gracias a las cosas que iba descubriendo. Lazos que hasta ese momento no había sabido percibir.

Lucía

Hola Jota, qué te pasa que parece que te persiguen. Algún día te voy a contar, le dije, con muchas ganas de soltarlo todo en ese mismo momento, pero hoy no, Eriberto, y vos, por qué tenés esa cara. Jota, en todos estos libros, no encontré todavía vida tan mediocre y deprimente como la mía. Ayer tuve un sueño con Lucía que me dejó mal. Estaba en un salón, en una fiesta. Bailaba con otras mujeres que ni conocía, y en eso me puse a bailar con ella. Pero de pronto tenía el cuerpo de una enana. Era la cara de Lucía con el cuerpo de una enana. Y yo, entre todas las mujeres lindísimas que había en la fiesta, seguía bailando con ella y me la llevaba a un cuarto y me acostaba con ella, porque pese a su cuerpo de enana ella conservaba su identidad, su alma, y yo estaba más enamorado de su alma que de su cuerpo, y estoy medio loco de contarte estas cosas a tu edad, pero no puedo parar, Jota. La noche que tuve ese sueño me la había encontrado en la calle. Era un día lluvioso. Estaba por cruzar la esquina de Blanco Encalada y Obligado y una figura linda, parisina, bien vestida, un personaje de una poesía de Prevert, con un impermeable gris que hacía juego con su paraguas, cruza la calle y casi chocamos. En eso levanta el paraguas y era ella. Me quedo congelado. Ella también. Me miró con una sonrisa complaciente, de hermana mayor. Y me quedé mirándola. Sentía que tenía una oportunidad para recuperarla. Y no reaccioné. Sabía que tenía tres o cuatro segundos. Y no pude. Se fue. No tenía nada para ofrecerle. Ella estaba divina, linda fina, con un impermeable que debe valer lo que gano en un mes. Yo después de ese tiempo sin verla era el mismo. En ese momento me di cuenta de quién era yo. En toda relación, Jota, también hay un balance. Es una sociedad donde cada uno entrega su soledad para diluirla, y para eso, cada uno pone una parte de sí mismo. Uno pone nivel económico o social, el otro nivel cultural. Uno aporta belleza, el otro pone sabiduría y experiencia. Uno tiene juventud, el otro seguridad, o genera admiración. Uno diversión, el otro recato y recogimiento. El balance debe dar cero. Yo la miraba, y ella se iba, balanceando su paraguas, dando pasitos cortos con sus botitas que hacían juego con el impermeable, pensando reconfortada consigo misma y con su pasado, pensando: "qué suerte que te dejé".

¿Tendremos todos una misión en el mundo? ¿Tendremos papeles como en una gran obra de teatro? Evidentemente no puede haber un mundo sin ganadores, millonarios, grandes amantes, violadores, asesinos, ingenuos, nuevos ricos, discriminadores, discriminados, deformes, filántropos, dictadores, mentirosos, religiosos, fundamentalistas, sometidos, soberbios, anárquicos, pensadores y perdedores. A Eriberto le tocó el de perdedor. Mi abuelo decía que todos los temas de los libros se reducen a dos: el amor y la muerte, yo creo que a uno solo: la lucha contra la soledad.

O tengo la llave de otra puerta, o el papel equivocado en este teatro del mundo loco, Jota, pero en una obra de teatro me imagino que podés renunciar a un papel que no te gusta y tratar de representar otro, en la vida también, solo que es más difícil, tal vez deba replantear la obra, cambiar al director, o dejar la representación y jugar un ajedrez con reglas propias, no sabía que tu exmujer se llamaba Lucía, ¿cómo es ella?

Por la descripción de sus ojos verdes, su pelo corto negro y un lunar a la izquierda del labio superior no tuve dudas de que se trataba de la misma Lucía, la secretaria-enfermera del Doctor Antoniazzi. No le dije nada a Eriberto. Yo ya le había contado de ella, que me parecía una de las señoras más buenas que había conocido, y eso él nunca lo hubiera podido entender. Pero me sirvió para darme cuenta de que la gente no es de tal manera o de tal otra, simplemente. Las personas son como piezas de un rompecabezas, que pueden encajar con otras, o no. Para la que encaja, esa persona puede ser dulce, inteligente, amable y divertida, y para la que no, todo lo contrario. Si no, ¿cómo podemos entender que aquél que nosotros consideramos un antipático insoportable de pronto lo veamos rodeado de amigos? Evidentemente, tengo una parte de mi pieza de puzzle que encaja con Lucía, y otra parte que encaja con Eriberto. Pero entre ellos, sus piezas no encajan de ninguna manera.

Lucía podía ser la mejor persona del mundo para mí, y para Eriberto, la peor. Pero no le podía decir todo esto después de lo que había sufrido.

O tal vez los bordes de las partes que nos componen van cambiando con el tiempo, y las piezas dejan de coincidir. Toda la vida resulta un gran rompecabezas, y la felicidad consiste en juntar piezas que encastren entre sí a la perfección. Toda relación es un encuentro cóncavo-convexo. Llenar huecos. Complementar las concavidades y convexidades del tiempo. Cuerpos, neuronas, almas, espíritus, objetos, hechos y circunstancias, todos reaccionan igual. Todos quieren encajar, llenar el espacio vacío, llenar la copa expectante, meter la pelota en el arco, embocar en el hoyo, llegar a la meta, ocupar un espacio, llenar el estómago, vaciar los intestinos, una mano cóncava encuentra la agradable convexidad de un pecho, una lengua se mete en otra boca, abrazar, ser abrazado, penetrar un hueco que busca a su vez ansiosamente ser penetrado. Entrar, salir, llegar, irse. Todo en el momento justo, de la manera indicada, hasta que la muerte nos diga que ya está, que basta, que no hay más piezas que encajar, que tenemos que dejar el hueco para que lo ocupen los que vienen.

UN PAPEL DOBLADO

Un día me puse a revisar las cosas de mi mamá, a ver si encontraba algo. Un papel doblado varias veces apareció en fondo de su cajón de ropa interior.

Escrito N° 8
Carta

Quiero que te mantengas firme. No sé cuándo podré volver o mandar a buscarte. No puedo explicarte los motivos, y menos por carta. Confiá en mí. Mantenete cerca de tu madre. Con ella no pudimos construir una pareja, no fuimos capaces, por lo tanto, de crear una familia, pero ella es una buena persona y estoy seguro de que es una buena madre. En los momentos en que estés mal, hacé lo siguiente: imaginate que no tuvieras tu casa, tu colegio, que no tuvieras a tu abuelo, o que no la tuvieras a tu mamá. Pasá un minuto por ese angustioso trance. Y luego volvé. Y miralos. Los recuperaste. En ese momento te darás cuenta de todo lo que tenés. No te angusties por lo que no tenés. Sé feliz con lo que te rodea, que nunca es poco.
Lisboa.

Resulta gracioso, o inmensamente triste, leer el consejo de mi padre. Culpa de mi madre, que evidentemente no me la quiso mostrar, me llega en un mal momento, cuando no tengo a nadie cerca. ¿Qué es lo que me puedo imaginar ahora, siguiendo el consejo de él? Me queda poco. Tengo mi casa, el colegio, a Clarita y algunos amigos. Puedo imaginarme haberlos perdido. Puedo imaginar que me descubren y me mandan a vivir a un orfanato, que me cambian de colegio, que no veo más a Clarita, y que no veo nunca más a mi padre. Me detengo un minuto, como dice mi padre, en esa angustiante situación. Y luego vuelvo. "OK, digo, recuperé mi casa, la independencia, a Clarita y al colegio. Está bien, mi viejo tenía razón. Estoy mejor. Pero, ¿dónde está mi padre que no sabe que mi abuelo y mi madre murieron? ¿Por qué está tan desconectado de lo que pasa acá? ¿Dónde está? ¿Por qué las cartas llegan sin remitente, con estampillas de cualquier parte del mundo?

LAS VACACIONES

Se me vino el verano. Los días se me hacían eternos y me moría de calor en mi casa. Ya no tenía colegio, ni a Clarita que se había ido de vacaciones a Mar del Plata con sus padres, como todos los chicos.

Un día estaba tan aburrido que saqué plata de un libro, me preparé un bolso y tomé el 60 hasta Constitución. Averigüé qué ómnibus iba para Mar del Plata y allá fui. Después de unas cinco horas de viaje llegué a la estación terminal. No tenía la menor idea de qué hacer a partir de allí. Sabía que todos mis compañeros, incluida Clarita, iban a estar en Punta Mogotes, así que pensé que caminando por esa playa podría encontrarla. Primero quise instalarme, pero no me aceptaban en ningún hotel por estar solo y ser menor. En el último que fui me pareció que el tipo que me atendió iba a llamar a la policía creyendo que me había escapado de mi casa, así que no me animé a seguir buscando hotel. Tomé un taxi a Punta Mogotes y empecé a caminar por la playa, desde el faro hacia la derecha ida y vuelta, varias veces, pero nada. Era entretenido ver cómo la gente se divertía solo estando allí en familia. Una vez había ido con mi abuelo y mi madre a otra ciudad con playa, pero era muy chico. Solo recordaba mis juegos con el balde y la palita y un volcán de arena que me hacía Tato, que consistía en una montaña con un agujero en la base conectado con otro arriba. Le poníamos papel de diario y le prendíamos fuego. Esa imagen del humo saliendo de la montaña de arena no la olvidaré jamás. Y ahora veía a los chiquitos jugar, como si yo fuera grande. Después de cuatro o cinco horas de ir y volver sin ningún resultado, me senté a mirar el mar. Traté de escuchar el ruido de las olas.

Caminé por la orilla una o dos horas con mi mochila que pesaba doce años. Observaba. Pensaba. La dejé a un lado. Me senté en la arena y miré el mar. No me sentía sólo mirando el mar. Las olas me decían lo que quería oír. El ruido del mar era el ruido de mi memoria. La idea se interrumpe.

Entre un grupo de chicos moviéndose en la orilla, como en una película en la que una imagen difusa se va poniendo en foco, aparece Clarita en el centro de la escena, rodeada de amigas y amigos. Me quedo inmóvil. Ella seguramente estará divertida con su grupo. Tendrán sus juegos, sus horarios, se invitarán mutuamente a sus casas, estarán todo el día juntos...

Caminaba solo, con mi mochila, sin dónde ir, sin un lugar a donde volver. Sentía que todo mi mundo estaba en esa mochila, conmigo, y que había otro mundo afuera que no se conectaba con el mío. Que llevaba al mundo dentro de ella, pero que yo no estaba dentro de él. Un mundo que me resultaba extraño, un mundo con el cual todavía no me había hecho amigo. Así que me puse un gorro que me tapaba la mitad de la cara y seguí mirando desde adentro de mi imaginaria carcasa invisible a Clarita, que iba y venía eternamente hasta la rompiente como si estuviera en una pantalla de cine.
Seguí un rato observando ese mundo esquivo, no sin placer. Estaba conmigo. Me sentía que yo estaba conmigo. Me había hecho amigo de mi soledad. Juntos podríamos enfrentar a ese mundo. Me sentía bien, muy bien.

Me fui de la playa sin que me vieran. Pasé por un camping y se me ocurrió que tal vez allí sí me aceptarían. Tomé un taxi, le pedí que me llevara a una tienda cercana. Me compré una de esas carpas para una o dos personas que se arman muy fácilmente, una linterna, una bolsa de dormir y una mochila más grande para poder llevar todo. En un almacén compré pan, jamón, queso, un yoghurt y una Coca-Cola y volví al camping. Ya se estaba haciendo de noche.

Me dirigí a una casilla donde estaba la administración. Señor, necesito un lugar para poner mi carpa, son ochenta pesos por día, nene, te incluye el uso de sanitarios y ducha, bueno, con quién estás, estoy con mi hermano, viene en un rato, fue a comprar comida. Pasá, me dijo, y me indicó un lugar para poner la carpa. La armé, me metí adentro y prendí la linterna. Me preparé dos sándwiches y me senté en el piso. De repente, escuché truenos y empezó a llover. Dentro de mi pequeña carpa me sentía totalmente a salvo. Ese mínimo lugar de dos metros por uno, en el que ni siquiera entraba de pie, era todo mi universo en ese momento, y pese a la más absoluta soledad en la que estaba en el mundo, sentía que estaba una vez más conmigo mismo, sabiendo que nunca nadie en la vida, ni amigos, ni novia ni padres adoptivos o verdaderos, iban a cuidarme en el futuro como yo lo hacía en ese momento. Me quedé un rato largo, escuchando la lluvia que caía sobre la carpa, sentado, con los brazos alrededor de mis rodillas, sintiendo el calor de mi propio cuerpo. ¿No sería esto lo que había ido a buscar mi padre en su viaje? ¿Necesitaría él también estar solo, no depender de nadie ni de nada por un tiempo, y que nadie ni nada dependiera de él? Tal vez esto era lo que quería decir en sus papeles escondidos. Quizás alguna vez me lo pueda explicar. Prendí la linterna y busqué en mi mochila la novela que estaba leyendo, "Cometas en el Cielo", de Hosseini Khaled.

Tenía ansiedad de saber cómo seguía la historia de Amir, un chico que tampoco tenía madre, pero sí tenía lo que yo no tengo, un amigo inseparable, Hassan, y un padre, autoritario y duro, pero siempre presente. Sentí una vez más, como nunca, la invalorable compañía de un buen un libro. No podía comprender la traición de Amir, y me moría por saber que pasaría después, pero me venció el cansancio. Me metí en la bolsa de dormir y no me desperté hasta el día siguiente.

Me desperté con los ruidos de la mañana y me dediqué a mirar cómo se iba construyendo la rutina playera. Primero los padres con sus hijos cargados de sombrillas, reposeras y heladeras con comida, más tarde los adolescentes con marcas de la noche anterior en sus caras, cada uno recorriendo su camino en busca de su pequeño lugar, su carpa o su sombrilla, su pequeña posesión de desierto de arena con vista al mar, su territorio. Me di cuenta de que no tendría esa porción de territorio y de que si la tuviera, no sabría qué hacer con ella. Sentí que no formaría parte de ese mundo.

Ya no tenía nada más nada que hacer en Mar del Plata, así que volví a la terminal y me tomé un ómnibus a Buenos Aires. Ya extrañaba mi casa.

Vuelta al colegio

Finalmente terminaron las vacaciones. Traigo de vuelta el boletín. Esta última firma no me salió tan bien, pero la maestra ni la mira. Pasó sin problemas. Miro el cerco verde inglés. No viene nadie, quién va a venir.

Un recuerdo color verde inglés

El patio de mi colegio estaba rodeado de edificios con aulas. Dos de ellos estaban separados entre sí por un espacio abierto desde donde se alcanzaba a ver el paso de los autos. Era un sector de unos veinte metros de ancho separado de la calle por un cerco, pintado de color verde inglés. Cuando era más chico me gustaba mirar de costado hacia allí mientras formaba la fila de salida, y descubrir la llegada del Renault 12 de mi mamá que me iba a buscar todos los días. Curiosamente, estaba pintado del mismo color que el cerco, solo que ya estaba opacado por los años. Con el tiempo, venía cada vez menos y aunque no eran tantas las cuadras que tenía que caminar, unas diez o doce, la aparición de esa imagen verde irrumpiendo lentamente en ese espacio abierto entre los dos edificios me estremecía de placer. A partir de ese momento disfrutaba cada segundo en la fila de salida. El viaje cómodo y calentito, charlando con mi mamá mientras miraba por la ventanilla contando las cuadras que me había ahorrado de caminar, la llegada a casa, la bienvenida del abuelo, un rico almuerzo. Pero, a medida de que fue avanzando la enfermedad de mi mamá, los viajes se fueron espaciando. Mis miradas al cerco resultaban cada vez más inútiles. Cuando mi madre ya no estaba, mi abuelo lograba subirse al auto con gran esfuerzo y buscarme alguna que otra vez, pero cuando eso también se acabó, tiempo después, no pude evitar seguir mirando el cerco.

Ese color pasó a ser un símbolo. En alguna parte guardaba una rara forma de esperanza de que el auto verde pálido asomara por ese cerco. Una y otra vez, quizás más que antes, repetía la búsqueda que aunque sabía infructuosa, la sentía como un vínculo, una mano que extendía y que aunque no obtuviera respuesta, me acercaba las imágenes de mi madre y de mi abuelo apareciendo por ese hueco verde entre paredes. Cuando volvía a casa, siempre caminando, hiciera frío o calor, con sol o con lluvia, me encontraba con el pobre Renault 12, que me miraba, cada vez más pálido y más ojeroso, estacionado siempre en el mismo lugar, con lágrimas de óxido que le caían de los faroles, pidiéndome perdón por haberme fallado otro día más.

NOCHE DE INSOMNIO

No pude con mi ansiedad y mi curiosidad. Pese a lo mal que la pasé la otra vez, decidí volver a entrar en el blog de periodistas, y buscar otra vez a "Equis". Encontré otra nota. Ésta era más reciente, tenía fecha de 2009.
Texto publicado en el Blog:
digitalbilingualjournalists.blogspot.org/2009/less-instal-and-wide-gen-autibiographic-experiences.html
AUTOBIOGRAPHIC EXPERIENCES
PERIODISTAS POR DENTRO

Estaba viviendo en Sao Salvador, Bahía. Subsistía con unos reales que ganaba tocando el repenique en un bar del Barrio del Río Rojo, un tugurio de paredes descoloridas por canciones gastadas por el alcohol y humedecidas por amores olvidados, por confesiones de almas irreconciliables con su propia soledad, y por humos de sustancias incomprensibles, hasta que tuve que hacer un viaje forzado hacia el oeste, con más intención de internarme en un Brasil desconocido para mí que a reclamar el pago de una deuda de juego de improbable cobro, una suma interesante que le había ganado jugando al gamao a Joaho Afonjá, un octogenario ex gigoló que nunca se imaginó que me haría presente en su pequeño prostíbulo del perdido poblado de Lacalú. Llegué en un desvencijado ómnibus que tardó doce horas en recorrer quinientos kilómetros. Como era de esperar, el humilde lupanar, que todos conocían en la zona, quedaba en las afueras del poblado. Después de arrastrarme unos tres kilómetros respirando un polvo blanco y seco, producto de un viento que, no muy contento con mi llegada, se empecinaba en introducirse en mis pulmones, reconocí fácilmente una construcción chata, con una inevitable luz roja en la puerta, mejor pintada que las casitas que la circundaban, todas de un celeste triste, como el de un cielo cansado. De las ventanas bajas pendían con desgano unas flores otrora vivaces. No había cuartos intermedios entre la entrada y el salón principal, de donde me salió al cruce un caboclo de indio tupinambá y alemán, feminoide, de piel cetrina, mota rubia y panzón que, sonriente, me ofreció la mercadería disponible: un racimo de hembras desvencijadas mal sentadas a lo largo de dos o tres sillones resignados a no ser retapizados nunca más. Las mitades descubiertas de sus tremendas ubres y cuartos traseros se esforzaban por mostrarse por fuera de su escasa y ajustada ropa. Pero lo que salía era deforme, grasoso, grotesco, sin gracia, y en mi caso el grado de voluptuosidad de esas masas carnosas era inversamente proporcional al efecto que pretendían conseguir. En un antiguo grabador a cassette sonaba una música de Dorival Caymmi, que según me refirió luego el mestizo, había grabado Afonjá del mismo Caymmi, en vivo, en un bar de Bahía. Se trataba de dos o tres canciones que Dorival nunca después había vuelto a grabar profesionalmente, así que la cinta resultaba una verdadera reliquia. Cuando le pregunté por Afonjá se puso serio, me dijo que el sehor no estaba bien de salud y se escabulló por una de las puertas. Una gorda de mofletes conspicuos, de mirada empalagosa, elevaba en un rutinario movimiento las pestañas postizas en gesto de patética seducción en venta. Al enterarse de que no se trataba de un probable cliente, dio automáticamente vuelta la cara, ocultando sus viejas arrugas profundizadas por la desilusión, girando con esfuerzo sus redondeces que colgaban más cerca del piso de lo querible. ¿Tendría alguna de ellas todavía la esperanza de encontrar un hombre honesto y enamoradizo, que se las lleve con una propuesta de casamiento a una casita con jardín, al que esperarían todas las tardes que vuelva de su trabajo para contarle las travesuras de sus pequeños? ¿O constituían todas ellas solo un manojo de carne y huesos arruinados por el maltrato y el sexo indiferente, acosadas por el mal olor de una piel cercana, íntima y extraña a la vez, por la humillación de obedecer con patéticas y tristes posiciones a los caprichos de cualquier enajenado, por el hedor de un aliento a cachaça que se empecinaba en besarlas, aunque lo tuvieran prohibido por el pedacito de moral que aún conservaban mal escondido en algún lugar de fácil acceso, para también ser vendido ante una oferta un poco más jugosa, sin el obligatorio cincuenta por ciento para Afonjá? Felibeu, así llamaban las pupilas al secuaz de Afonjá, abrió la puerta del salón por donde había entrado y me hizo pasar. Cuando entré el viejo estaba en la cama, embuchando con avidez una sopa de mandioca que mi estómago no envidió pese al vacío de doce horas al que lo tenía sometido.

—Si esto hubiera ocurrido hace algunos años —espetó entre toses y escupitajos verdes y azules que desparramaba por el piso sin pudor— lo hubiera hecho sacar a patadas por Felibeu ayudado por mis pupilas, y no le hubieran quedado ganas de volver. No sabe lo crueles que suelen ser las mininhas cuando se les da rienda suelta, especialmente Zilda, que odia a los hombres. Pero la verdad es que me estoy muriendo, la otra noche tuve la desgracia de ver a Caangá del otro lado del arroyo, y cuando me convierta en un egum quiero que mi Orixá me proteja. Por eso quiero morirme con las cuentas saldadas. Así que tome como pago de la deuda el viejo fusca que está en la puerta y váyase.

Recién en ese momento tomé conciencia de que si hubiera querido, no solo me hubiera echado a patadas sino que podría haberme hecho descuartizar y haber hecho arrojar mis restos en el arroyo del fondo de la casa sin ninguna consecuencia. Así que solo le dije "gracias, Afonjá". Tomé las llaves del desvencijado fusca y me fui antes de que se arrepintiera. Al salir Felibeu me dijo:

—Olha, este no es un fusca, es un Kafer, es alemao, os alemaos no fallan nunca, dijo, reivindicando su mitad aria.

—Salvo cuando le declaran la guerra al mundo, le dije, y me fui sin esperar respuesta.

Todavía no sé por qué en ese momento, al entrar el vehículo en la ruta, giré el volante hacia la izquierda, hacia Bom Jesus da Lapa, en lugar de hacerlo hacia la derecha, hacia Bahía, de donde había venido. Me dejé llevar, y al caer la noche, en las cercanías de Inga-xitó, el caño de escape comenzó a largar unas toses y escupitajos similares a los de su anterior dueño, hasta que detuvo su marcha. Este Kafer también había decidido declararle la guerra al mundo, a su manera. Me pregunté si en ese mismo momento no no habría muerto también el viejo Afonjá, y el auto había querido irse junto con él. En el tiempo que había estado manejando no había pasado ningún vehículo en ninguno de los dos sentidos. No había muchos signos de que fuera a pasar alguno en las próximas horas, o días, quizás. Dejé el Volkswagen en la ruta y comencé a caminar hacia un pequeño monte con una probable vivienda que se adivinaba a unos ochocientos metros. Resultó ser una chacrita con cerdos y gallinas. El aparcero tenía la pasible amabilidad de los brasileros de tierra adentro, menos festiva y movediza que los de la costa. No tenía cómo comunicarse con nadie. Sólo quería comer algo y seguir mi camino, así que lo convencí de canjearme el fusca por un viejo caballo mangalarga y un plato de frejol. Respondía al nombre de Ranulfo. Era un ruano de algunos años, pero todavía fuerte, de cabeza larga, perfil recto, musculoso y con una crin abundante. Pero ya era muy tarde para seguir viaje. Me convenció el sehor de dormir sobre unos fardos en un barracón donde secaba cacao, y al amanecer partí montado en el noble Ranulfo hacia Bom Jesus da Lapa.

Atravesé una larga caatinga y pequeños desiertos y sertaos de poca altura, pasé cerca de la Barra do Guaicui y cuando al atardecer vi a lo lejos las luces de Bom Jesus, el pudor de entrar a caballo me hizo retroceder y, bordeando la ciudad, llegué al río San Francisco. Me sentía a gusto con mi caballo y la mochila a cuestas con mis pocas pertenencias. Había sido cocinero en Bangok, bongosero en New Orleans, corresponsal de guerra en Afganistán y en la Franja de Gaza, y me destaqué preparando tragos en bares de turistas en Lisboa y Gibraltar. Había alternado mi estadía en New York entre un penthouse en la Fifth Avenue de una rubia despampanante heredera de ION Media Networks, que había conocido en una fiesta organizada por el Hicksville Illustrated News en el Flatiron Lounge, con noches enteras durmiendo en el Central Park disfrazado de homeless, buceando en las conversaciones nocturnas repletas de historias de frustaciones, fracasos económicos y desengaños amorosos, que escuchaba de bocas torcidas por el alcohol y miradas perdidas en un inexistente horizonte. Almas desviadas, componentes defectuosos de un engranaje que ya no articulaban en sus goznes, piezas desechables que entorpecían el eficiente mecanismo del american way of life. Me gustaba hacerlo, menos para escribir crónicas de la ciudad que eran publicadas regularmente en el Courier Gazette de New York que para buscar neuróticamente respuestas que tampoco encontraba arriba en el penthouse, aunque allí la pasara mejor. La realidad, el mundo, la gente, desfilaba por mis ojos, pero no la llegaba a comprender. Me miraba largos ratos en el espejo buscando explicaciones a preguntas que ni siquiera podía formular claramente. Pero seguía mi camino sin parar, y a veces el desconsuelo me provocaba un miedo visceral.

Me acosté en el borde del río y me quedé dormido. Antes del amanecer, desperté con una presión fría y roma sobre mi pecho. Era un grupo de aspirantes a jagunços que no pasaban de diecisiete años, que estaban ensayando sus primeras tropelías. Sobreactuaban enfáticamente sus órdenes y sus gritos, no sé si para ocultar sus nervios de principiantes o como consecuencia de la ingestión de alguna droga. Sin golpearme, se llevaron el caballo y la mochila. Una pobre incursión con un botín bastante magro, pero que seguramente les sumó experiencia para sus futuros escarceos.

Pero en ese momento, sin ninguna pertenencia, sin nadie a mi cargo y sin nadie que se hiciera cargo de mí, sin ningún medio de movilidad, sin un teléfono celular, sin papel para escribir y sin saber qué iba a hacer en el minuto siguiente, comencé a sentir un cierto alivio, un deseo de parar el mundo, de detener mi camino y quedarme quieto, sereno, pero sin nada ni nadie que interfiriera en mi vida.

Comencé a remontar el río San Francisco, por la costa. El paisaje mejoraba con las tierras humedecidas por los arroyos afluentes del río, y los morros se alzaban verdes y exuberantes. No había visto a nadie en varias horas. Llegué a un morro que parecía totalmente inhabitado. Después de atravesar un pequeño bosque de babaçus, la vegetación se hizo más tupida, hasta que apareció un pequeño claro. Era una superficie de no más de cien metros cuadrados en la que inexplicablemente no había crecido nada, rodeada de árboles, con vista a un recodo de Río San Francisco. Y decidí quedarme allí. Quedarme a vivir. ¿Cuánto tiempo? No lo sé, me dije. Decidí, por una vez, prescindir de todo. No tendría contacto con ser humano alguno. Ningún animal doméstico me acompañaría. No utilizaría dinero. Me enfrentaría con el planeta mano a mano. Él y yo, los dos frente a frente. El arroyo me proporcionaría agua suficiente. Estaba exultante. Necesitaba que el silencio me entre en el cuerpo. Me encontraría solo frente al planeta, sin ayuda, sin civilización. Probaría (me probaría a mí mismo) si con los elementos que me rodeaban podría sobrevivir. Sin depender de nadie. Sin que nadie dependiera de mí. Solo cuerpo y mente consustanciados con un único fin: la supervivencia. Solo yo, únicamente yo, nada más que yo. Un momento de eternidad y de conciencia de la existencia.

Recordé en ese momento unos versos de Luis de León:

Qué descansada vida
la del que huye del mundanal ruido,
y sigue la escondida

senda, por donde han ido
los pocos sabios que en mundo han sido

Vivir quiero conmigo,
gozar quiero del bien que debo al Cielo,
a solas, sin testigo,
libre de amor, de celo,
de odio, de esperanza, de recelo.

Me propuse un mínimo indispensable de herramientas para sobrevivir, y a una lista inicial le taché el tenedor, la cuchara, el martillo, el alambre, y me permití sólo un equipo básico de un hacha, un cuchillo, la ropa que llevaba puesta y una caja de fósforos. Accedí a esto último con la autopromesa de también prescindir de ellos cuando aprendiera a hacer fuego con los elementos del bosque.

Para ello, tuve que caminar un día entero hasta Xumbé y en el trayecto hice una parada providencial. Pedí permiso para sacar agua del pozo en una alquería, y el viejo a cargo me ofreció comida y lugar donde dormir a cambio de que tratara unas mandiocas recién sacadas de la planta. La artritis lo había dejado duro. Pero podía hablar, y sentado a mi lado, me fue enseñando cómo procesarlas para que no fueran venenosas. Consistía en rallar la planta, exprimir su jugo, colarlo y calentarlo en una cacerola al fuego. También me enseñó cómo preparar las hojas de la yuca, machacándolas y dejándolas secar para convertirlas luego de mezclarlas con cera vegetal o grasa animal en una pomada curativa para la piel afectada por quemaduras de sol o lastimaduras. Le ofrecí quedarme unos días más, que me fueron luego de gran utilidad. El viejo me enseñó también cómo plantar, cultivar y luego hacer farinha de mandioca, cómo trabajar la madera del babaçu para construir mi casa y cómo aprovechar sus hojas, que quemaría provocando un humo que ahuyentaría mosquitos y alacranes. Me instruyó también en la manera de trepar sin lastimarme para extraer cocos y bananas, y en una serie de consejos prácticos que luego me fueron imprescindibles para sobrevivir.

Volví tras una larga caminata entre espinillos, cactos y zarzas que se ensañaban con mis piernas, y que me condujeron finalmente al bosque sobreelevado. Desde los primeros árboles me dio la bienvenida un grupo de macacos juparás. Unas horas más tarde alcancé el pequeño claro que había elegido para vivir. Lo reconocí como si hubiera llegado a mi casa. Me estaba esperando. - Me encontraste - , me decía, - no te arrepentiste, ni te perdiste - mantuviste tu idea y tu palabra -. Muy bien, estoy aquí listo para recibirte. El mismo lugar, y la naturaleza que lo rodeaba, quería participar y acompañarme en mi viaje a la soledad. Me dormí, feliz, sobre la tierra, bajo el cielo.

Haché unos cuantos babaçus y algunos tucums de los que usé los troncos, que ataba con lianas y enterraba en el piso, con los cuales construí mis cuatro paredes. Con las hojas de macauba, que disponía a modo de tejas sobre una plataforma de ramas chicas de la misma palma, construí el techo. Como me había enseñado el viejo de la granja, extraje la cera de las hojas de carnauba. Hice tanta cera que pude extender una pátina de ella sobre el techo de hojas de macauba, lo que me llevó después de algunas semanas a conseguir una vivienda sin goteras. Durante la mañana pescaba piramutabas o salmones, o buceaba en busca de curimbatás, exquisitos peces que atravesaba al medio con una caña que hacía girar sobre brasas ente dos horquetas. Más adelante me hice una pequeña huerta de la que obtuve buena cantidad de mandioca, frejol, arroz y aipim. Comencé una vida en la que no tuve ningún tipo de contacto con ningún individuo o elemento que proviniera de la civilización. La naturaleza parecía acompañarme en el avatar. No saludaba, no hablaba, no tenía modales, no era querido, odiado, agredido o maltratado, protegido ni consentido. No manejaba, no hablaba por teléfono, no escribía, no leía ni percibía con ninguno de mis sentidos más obra de arte que el paisaje. Pasado el tiempo me di cuenta de que en mi nueva soledad no necesitaba convencer, consentir, asentir ni negar. No prohibía, ni reprochaba. Tampoco era censurado, criticado, elogiado, o ponderado. No me arrepentía, ni me desdecía, ni rectificaba, ni juraba, impugnaba, desmentía o contradecía. No condenaba, restringía o reprimía. No cumplía horarios, no ponía fechas, no ponía límites, no seducía ni era seducido. No necesitaba congeniar, persuadir, disuadir, atraer, inducir, inculcar, exhortar, impulsar, incitar, demostrar, o justificar. No daba ni recibía órdenes, no pedía ni otorgaba perdón, no obsequiaba ni era obsequiado. A nadie le debía paciencia, cortesía, comprensión, piedad, compasión, misericordia, tolerancia, duelo, lástima, conmiseración, ayuda, temor, cariño, o respeto; pero tampoco devoción, veneración, rencor, animosidad, envidia, recelo, resentimiento, repulsión, antipatía, repugnancia, aversión, rabia, saña o desprecio. Formas verbales que se transformaron en sonidos huecos, que se fueron alejando de mi capacidad de vivirlas. Un día me puse a rememorar la diversidad de botones que uno toca viviendo en una ciudad desde la mañana hasta la noche, empezando por el del despertador, el inodoro, los del teléfono, o los del celular no solamente para comunicarnos o para enviar mensajes de texto, sino también para averiguar el pronóstico, el estado del tránsito, la cartelera de espectáculos, la agenda del mes. Utilizar la calculadora, ubicación y plano de calles, el reloj con alarma. Los controles remotos de televisor, DVD, aire acondicionado, equipo de música, ventilador de techo y puertas del auto. Siguiendo con los comandos de la radio, el horno a microondas, cámaras de foto, teclados de computadora, cajeros automáticos, expendedoras de boletos de subte, timbres, porteros eléctricos, pins de tarjetas de débito y crédito, hasta que termina el día y tocamos el último para apagar la luz, irnos a dormir y descansar de haber tocado unos quinientos botones. Quinientas tomas de decisiones. Quinientas respuestas, que esperamos cumplan las expectativas exactas que pusimos en ellas. Cada botón representaba un derecho, una expresión de voluntad y una decisión en consecuencia que evitaría tomar. Multipliqué quinientos por trescientos sesenta y cinco. Cada año que estuviera allí, lo evitaría hacer ciento ochenta y dos mil quinientas veces.

Me pregunté varias veces, (me pregunto) si la búsqueda de un dios no es también consecuencia de la soledad. Estamos solos en el mundo, y no lo podemos soportar. Necesitamos creer que hay otra vida, y dialogamos con los muertos y con un supuesto dios. Nos imaginamos que nos cuidan, que guían nuestros pensamientos, que nos evitan pesares, que nos dan trabajo, y hasta que influyen en el resultado de un partido de fútbol. Y cuando eso no ocurre no los maldecimos porque nos quedaríamos sin ellos. Los inventamos como inventamos de chicos al amigo invisible. Y nos juntamos con los que creen en cosas similares, hacemos grupos, nos reunimos con ellos a rezar los mismos rezos, a adorar las mismas imágenes, a practicar los mismos ritos, y miramos con recelo al que reza otros rezos, adora otras imágenes, practica otros ritos, y quizás entonces nos sentimos menos solos. Nos aferramos a certezas imaginarias que pretenden ser absolutas. Procuramos de esa manera evitar la duda y alejarnos del temblor existencial.

Estuve dos años en mi cabaña de babaçu. Logré independizarme del género humano. Debía hacerlo para comprenderlo. Pasé largos meses sin hablar con nadie, pescando, cultivando, ejerciendo mi lugar en el mundo en forma primitiva. Disfrutando de las puestas de sol sobre el río San Francisco, de los amaneceres por detrás de mi morro, del agua fresca del arroyo vecino, de prepararme un angú con la mandioca cultivada por mí mismo o de los pacamaos asados con fuego generado desde la nada, con palitos secos y una piedra cavada, sin fósforos. Ser feliz sabiendo escucharme. Hacerme amigo de mi soledad. También gocé de los atardeceres en busca de jacas, mangos, mamones, guayabas, araças y las más difíciles de encontrar pero exquisitas bananas maça, para luego comer a la hora del postre, después de disfrutar de los productos de mi huerta, solo acompañado por papagayos, azulaos e infinidad de pájaros que no conocía. Comprendí que la vida es un largo camino, inevitablemente solitario, en el que luchamos permanentemente por lograr un lazo, una luz, un contacto con el otro, que no se da a nivel del piso. Cuando conseguimos ese contacto, flotamos en el aire unos segundos, justificando nuestra existencia. Que la soledad a la que deberíamos temer es a la que nos deja sin la compañía de nosotros mismos. Que para poder disfrutar del otro primero debemos juntar esas dos o más personas que somos a veces, y ponernos de acuerdo, e ir juntos a la búsqueda del semejante. ¿Cómo? La palabra sirve, pero no alcanza. El viaje que se inicia en el núcleo de nuestro pensamiento, va degradándose en signos visuales o sonoros con lo que la idea va cambiando. Y sigue distorsionándose y degradándose hasta que se tamiza en el otro, pasando por sus filtros de prejuicios, ideologismos, fanatismos y estrecheces o agudezas mentales que lo distorsionarán al llegar. Pero hay excepciones: el artista no está presente en el instante en que el otro disfruta de su obra, sin embargo compartirá con él uno de los pocos momentos en que se produce una instancia superior de comunicación, de conexión, de diálogo mudo y ciego pero perfecto, estando en lugares y tiempos diferentes. Tal vez también alcanza el amor en todas sus formas. ¿No se genera una forma de arte entre dos almas que por medio del amor establecen una íntima conexión? ¿No se genera una forma de amor entre el autor y el alma sensible que ríe, llora, se emociona y hasta filosofa con su obra?

Sentí que en ese tiempo una fuerza me había levantado en el aire, me había sacudido, y todas las piezas del rompecabezas que me conformaban se habían esparcido en el piso, y luego se habían vuelto a juntar, pero en otra disposición, con otro orden. Probablemente la parte exterior de mis piezas, las que encajaban complementariamente con las de otro ser humano también habían cambiado sus bordes, y las que antes se acomodaban perfectamente con las de A, ya no encajarían, pero seguramente lo harían con B. Mis piezas al volver al mundo serían más compatibles que antes con más gente. O tal vez con menos, pero más valiosa. Me sentía como un libro de mal gusto al que habían sacudido tomándolo del lomo con las hojas hacia abajo, y habían provocado que cayeran al piso todas sus letras, pero que al volver a juntarlas, había aparecido un libro nuevo. Era yo mismo, pero de otra manera.

Me había escapado de un mundo para el cual no estaba preparado. Había tenido un hijo antes de tiempo, que no sabría criar. Quería darle todo, y no tenía nada, y no sabía cómo hacer. Huyendo, pretendí detener el tiempo, y que el mundo me esperara hasta que estuviera listo. Extrañaba escribir.

Escribir. Cuando tomo contacto con el teclado la razón se casa con la intuición y mis dedos martillean las teclas sin pedirle permiso al pensamiento. Vómito placentero, ordenar en un papel palabras que tanto caos provocan. Elegirlas cuidadosamente y luego borrarlas, suplantarlas, cambiarlas de lugar y volverlas a escribir hasta lograr la frase preten-didamente perfecta, sin el apuro de la palabra hablada, sin la ansiedad por encontrar la palabra exacta para acallar al gárrulo de enfrente o al inteligente inquisidor. Poner y sacar hechos, climas, dichos, pensamientos, modificando historias y personajes a la manera de un dios omnipotente. Jugar a ser Dios. Dominar el tiempo. Hacer decir lo que nunca diría. Ser filántropo, asesino, violador, amante, mendigo, mujer, niño, ángel, o luzbel. Poder gozar y sufrir sin límites. Amar y ser odiado. Morir y resucitar.

Atardecía. El sol, ya tocando el horizonte, bajaba velozmente emitiendo luces anaranjadas entre nubes grises que compe-tían por ocultarlo. Sobre mí, (y dentro de mí) se generaba una feroz tormenta tropical. Me gustaba cuando eso ocurría. Me obligaba a refugiarme en mi fiel cabaña. Los relámpagos que refulgían se alternaban con los últimos rayos de sol que ya se retiraba. Los truenos insistían en decirme algo. Hacía mucho que los ruidos no me hablaban.

Por Equis .10: 22 Colab. N° 2
Traducción de Rodrigo Puente, supervisada por el autor.
10 comentarios ENLAZAR AQUÍ
ETIQUETAS: BRASIL, AUTOBIOGRAFÍAS, NEW YORK EXPERIENCES

De vuelta a la cama, a mirar el techo por horas. Otra vez dentro de mi caparazón reconstruyéndome la piel. Sin embargo, de alguna manera, me había acercado a él. En esta nota me sentí más cerca de él que en la primera, o en los escritos encontrados, o en las cartas recibidas. Al final, los truenos le habrán dicho mi nombre?. ¿Estaba junto a él en ese momento? ¿Estaba una parte de mí con él? ¿Estaremos alguna vez juntos?

Teléfono, seguro que es la tía Filomena, hola, hola, nene, está tu abuelito, salió a hacer unas compras, Filo, milagro, ese que no sale nunca, qué, nada, decía, no más, acá llueve torrencialmente, puse la cruz de sal en la puerta, qué pusiste, una cruz de sal en la puerta, así para de llover, siempre para, Filomena, qué te hace pensar que un poco de sal va a influir en que pare de llover, vos no creés en nada, y crees que sabés todo, pero no sabés nada, okey, Filo, le digo al abuelo que te llame, suerte con la sal, que me llame, porque tengo que ir a Buenos Aires a hacerme un tratamiento, y les iba a pedir si no puedo ir a tu casa, y ahora qué le digo, lío en puerta, colgué.

Filomena. Ya casi no la recuerdo. Destruyó lo que amó. Nunca pudo con la vida. Ni por sabiduría ni por intuición. Reclamó amor tirando ácido. Pidió que la escuchen aturdiendo. Nosotros no pudimos con ella. Murió sola. Vivió sola. Nació sola (tal vez por eso).

Poder Judicial de la Ciudad de Buenos Aires
Ministerio Público Tutelar

Expte. N° IPP 1359

"N.N. s/ averiguación de identidad"

Ciudad Autónoma de Buenos Aires, 18/3 de 2009

VISTO

Que el 3 de abril de 2008 se produjo el deceso una persona de sexo masculino de aproximadamente 80 años de edad en el Hospital General de Agudos "Dr. I. Pirovano", a la que inicialmente no se pudo identificar por lo que se dio intervencional Comisario Echevestez de la Comisaría N 37.

Que el fallecido, al momento de ingresar al nosocomio, se encontraba acompañado de un menor que se presume era su nieto, de aproximadamente 12 años de edad, quien se habría dado a la fuga luego del fallecimiento.

Que solicitada la intervención de esta Asesoría General Tutelar, el Dr. Alejandro Vásquez ordenó las medidas tendientes a establecer la identidad del menor.

CONSIDERANDO:

Que conforme surge de las declaraciones testimoniales agregadas en autos a fs. 25 a 30, el difunto se dirigía al menor con el sobrenombre "Jota" poseía pelo castaño oscuro, ojos celestes, y vestía pantalones azules tipo vaquero y remera gris.

Que con las restantes medidas de prueba que lucen a fs. 45 60 y 69 a 92 se ha establecido: (i) que el menor efectivamente se llamaba José Peralta, (ii) que el difunto era su abuelo, (iii) que la madre del menor falleció el 8 de enero de 2008, (iv) que su padre, el Sr. Javier Peralta, partió de la República Argentina el día 18 de septiembre del año 2000 vía Madrid, sin que haya constancia de su reingreso o paradero actual, y (v) que no se han podido ubicar otros familiares

LA ASESORIA GENERAL TUTELAR

RESUELVE:

Artículo 1: Designar como tutor del Sr. José Peralta a la Dra. Lutechi

Artículo 2: Disponer el ingreso transitorio del Sr. José Peralta en el Hogar "Nuestra Señora del Valle".

Artículo 3: Regístrese. Comuníquese. Archívese.

Para uso Oficial

ASESORÍA GENERAL

REG. N° 42/08 ... T° X ... F° 119 ... FECHA 18/3/09

CLARISA ADEM
SECRETARIA LETRADA
ASESORÍA GENERAL TUTELAR
CIUDAD AUTÓNOMA DE BUENOS AIRES

POCH POCH POCH en la puerta y yo nada. *CAP CAP CAP* en la ventanita de vidrio y yo nada. *AFUFA AFUFA,* hacía la chapita vaivén del buzón mientras alguien desde afuera la movía con dos dedos, intentando mirar hacia adentro. Y me fui corriendo al diccionario.

> (Diccionario de la Real Academia Española, vigésima segunda edición.)
> **poch.** Del maya poch, goloso, hambriento. Adj. Ansioso (el que tiene ansia o deseo vehemente de algo.
> **cap.** Jurado en cap. m. En la colonia de Aragón, primero de los jurados, que se elegía de los ciudadanos más ilustres que ya habían sido insaculados en otras bolsas de jurados, y que tenían 40 años cumplidos.
> **afufa.** (de afufar) Coloq. Huida (acción de huir) estar sobre las afufas fr. Estar preparado para la fuga, disponiendo lo más seguro para huir y escaparse. Tomar las afufas fr. Coloq. Huir (alejarse de prisa).

Jueces, jurados ansiosos, ciudadanos ilustres, huir, fugarse... A mí los ruidos me suenan con significado. Es como si las cosas con sus ruidos me mandaran mensajes. Sabemos que estás ahí. Abrí, Jota. ¿Quién es? Abrí y te explicamos. Tenía que pensar algo urgente. No está mi mamá, y tengo prohibido abrirle la puerta a nadie, les dije.

Trataba de sostener una voz clara y firme. Primero un silencio, creo, y luego una discusión entre dos o tres personas detrás de la puerta. Pero no podía decirles la verdad: que mi mamá no estaría nunca.

Primero silencio, y luego un murmullo entre dos o tres personas detrás de la puerta. Pero no podía decirles la verdad: que mi mamá no estaría nunca.

Debía pasar por la biblioteca, agarrar la mayor cantidad de fajos de mil pesos que pudiera, tomar la bicicleta, sacarla por la ventana de la cocina que da a un pasillo que desemboca en la vereda, abrir en silencio la reja y tomar envión con la bicicleta de manera de pasarla y llegar a la vereda con la velocidad suficiente para no darles tiempo de reaccionar.
Junté el dinero, el celular, y un sándwich. Antes de emprender mi retirada, volví a mirar por la mirilla para retener los rostros de estos hombres que, ahora, de cerca, podía ver mejor. El de saco azul gritaba: *¡abrí Jota, por favor!* Parecía descontrolado mientras continuaba golpeando la puerta. Los otros dos se mantenían serios y más calmados. Parecía un buen momento: los dos en la puerta principal, a cierta distancia del pasillo por donde yo iba a pasar.

Miré hacia adentro. No sabía si alguna vez volvería a casa. Los muebles y adornos parecían despedirse de mí. Con cada uno de ellos podría haber rememorado una historia que había marcado mi infancia. Ellos también estaban quietos, en silencio, mirándome, cómplices de la situación. Les había tomado cariño. Extrañaría sus ruidos proféticos. Ellos hacían hablar a la muda soledad. Eché un vistazo a la biblioteca. Me pregunté en ese momento cuántos escritos de mi viejo me faltaba encontrar. Me quedé un último minuto observando los lomos de los libros. Ya había leído algunos sí, pero unos pocos, los que mi padre había leído en su infancia. Debía abandonarlos. Recuerdo la última mirada de despedida. Tuve frío. Un frío solitario y cruel.

Me despedí de mi casa y de los libros y no esperé más. Con la bicicleta a cuestas salté por la ventana de la cocina, la apoyé en silencio en el piso y fui gateando hasta la reja del pasillo. La abrí con cuidado, sin poder evitar que chirriara un poco. Me acomodé la mochila, subí a la bicicleta y pedaleé con todas mis fuerzas.

Atraído por el ruido de la puerta, se asoma el de saco y corbata y se me pone adelante. Amago doblar a la izquierda y el tipo pega un salto para pararme. En ese momento llega Clarita que pega un grito y lo distrae. Aprovecho para rápidamente cambiar de rumbo y encarar para la derecha, sin perder envión. Cuando llego a la esquina, mientras escucho atrás los pasos de los dos hombres, doblo a la izquierda, luego a la derecha y así voy haciendo zig-zag en cada esquina. Algunas las hago por la vereda en el sentido contrario al tránsito de los autos, otras no. Así los voy despistando hasta perderlos. Alcanzo la avenida Libertador a punto de desembocar en la General Paz, la paso por abajo y sigo para el Norte no por la avenida, sino por las calles barriales paralelas.

Cuando llegué a San Isidro bajé hacia el puerto, y luego hacia el río. Necesitaba un lugar tranquilo. Me interné con la bicicleta en ese lugar solitario, ese sector protegido por árboles, donde me refugiaba cuando necesitaba pensar, cerca de donde grabé el nombre de Clarita. Era el mes de septiembre, y el piso estaba alfombrado con un color lila por las flores del jacarandá. Tenía miedo de lo que pudiera pasarme, y una gran duda sobre si había actuado bien o no. No tenía idea de qué hacer en ese momento y puse un rato la mente en blanco. Debía ocuparme de mí mismo. Nuevamente estaba solo, ahora más solo que nunca y no podía fallarme a mí mismo. *"No te preocupes, algo vamos a hacer"*, me dijo mi soledad, esta vez sin mucho convencimiento. Tenía que estar en paz conmigo mismo para poder salir adelante. El ruido de las olas del río era diferente a las del mar. ¿Qué estarán pensando los espectadores del Truman Show? ¿Habrá opiniones divididas, los que quieren que la policía me encuentre, y los que quieren que no? ¿Cómo le explico esto a mi amigo invisible extraterrestre? Me pregunta siempre cosas que no sé cómo responderlas, porque me pasan solamente a mí, cosas que no le pasan a la mayoría de los chicos, y él quiere saber cómo es el mundo en general, no cómo soy yo. Éstos deben ser los utrimientos de los que hablaba mi padre en el escrito N° 7, de los que huía sin saber bien qué eran.

Me lancé hacia el manubrio de mi bicicleta. Nadie podía saber de ese lugar tan mío, nunca lo había compartido con nadie, pero sentía una calma traicionera en el ambiente.

Intuí un cuerpo a mis espaldas.

Antes de partir, y todavía oculto por los árboles, miré hacia atrás y vi que se acercaba copando el angosto camino el mismo señor de jeans, camisa blanca y saco azul que había visto en la vereda de casa. No entendía cómo había podido seguirme hasta allí. De todas maneras él no me había visto, pero no podía descartar que los otros dos señores que me trataron de atrapar cuando salí de casa estuvieran cerca. Ante la duda, decidí escapar.

Por el camino lateral, desde el río, y en sentido contrario a mi seguidor veo que se acerca un grupo de chicos en bicicleta. Todavía escondido entre los árboles, sin ser visto, me monto en la bici en un rápido movimiento, retrocedo hacia el río y salgo al camino, justo cuando los chicos pasan. Entre tantos chicos no va a saber cual soy. Cuando paso junto con el grupo a la altura del lugar donde había estado un minuto antes escucho que suena en el pasto un sonido conocido. Era el de mi celular, que evidentemente se me había caído cuando salté a la bici. En el momento en que lo voy a buscar, veo a mi perseguidor de jeans, camisa blanca y saco azul que tiene su celular pegado a la oreja. Desconcertado, mira al grupo, y busca con la mirada dónde es que suena el teléfono. No puedo atenderlo, porque me deschavo. Sigo con el grupo de chicos. Quedo del lado izquierdo del grupo, que iba por el camino en filas de dos o tres bicicletas. Cuando me cruzo con mi perseguidor, sin querer, lo rozo. Mi mano izquierda toca su pierna, pero él ni se da vuelta, está siguiendo desesperadamente el sonido de la llamada. Llega hasta el teléfono. No puedo mirar mucho porque se va a dar cuenta, pero escondido entre el grupo alcanzo a percibir que levanta el aparato y nos mira, desconcertado. Ya del otro lado del canal, cuando alcanzo una cierta distancia, acelero y me pierdo. Tengo solo mi bicicleta, un sándwich, y unos pesos. La angustia y el miedo bajan desde el centro de la panza y desde atrás de los hombros y, como si se tratara de dos corrientes eléctricas pasan a través de las piernas a las ruedas de la bicicleta, que las expulsan hacia la calle mientras giran a toda velocidad. Pedaleo con todas mis fuerzas sin saber a dónde voy. Pero pedaleo sin detenerme. Ya sabré parar cuando llegue al lugar indicado.

El tiempo me era ajeno.

El señor de jeans, camisa blanca y saco azul, que había intentado entrar a la casa de Jota por el jardín, sin lograrlo, vuelve a la entrada y se entera por los dos detectives que había contratado que el niño se había escapado en bicicleta. Uno de ellos había ido en auto a buscarlo, pero lo había perdido. A partir de ese momento se separan para buscar en diferentes puntos posibles. Una hora después al señor de jeans y saco azul le llega un mensaje de la Policía Federal con las coordenadas del celular que está buscando. Las carga en la aplicación de GPS de su propio teléfono. En el mapa ve que se trata de un lugar muy cerca del río, en la costa de San Isidro. Toma su auto recién alquilado y se dirige hacia allí. A medida que se acerca, va reconociendo el lugar. En una época lo conocía muy bien. A pesar de que pasaron varios años, no lo encuentra muy cambiado. El GPS lo conduce primero al puerto. Encuentra las mismas areneras abandonadas, los mismos barcos encallados, tal vez algunos veleros más, con amarras mejor organizadas. Recorre el camino que rodea al canal Sarandí. En la mitad del recorrido, se baja del auto. El cursor lo obliga a seguir a pie.

A medida que se acerca al río, a lo lejos, distingue un grupo de chicos en bicicleta. No le da mucha importancia. El niño que él busca está solo. Sigue caminando. De acuerdo al mapa, ya tendría que verlo. Le manda un mensaje de texto: "Soy tu padre, estoy vestido con jeans, camisa blanca y saco azul, atendeme", y a continuación lo llama. El celular suena cerca del grupo de chicos que viene hacia él. Cuando se cruzan, uno de ellos lo roza con la mano izquierda que sostiene el manubrio de la bicicleta, pero él no le presta atención, está siguiendo el sonido de llamada del celular que finalmente encuentra a un costado, en el pasto, detrás de unos árboles. El piso está color lila. Los jacarandás están en flor, "igual que en aquella noche", piensa. Lo levanta del piso y mira hacia el camino. El grupo de chicos se va alejando. Vuelve a mirar ese lugar tan especial para él. ¿Qué hacía Jota en el lugar donde fue concebido? ¿Qué extraña fuerza hizo que su celular sonara exactamente allí? Mira nuevamente hacia las sombras de la ciudad. A lo lejos, muy lejos ya, del otro lado del canal, una bicicleta se desprende del grupo y pedalea furiosamente. Equis la sigue con una mirada impotente y resignada hasta perderlo una vez más. Se pregunta cuántas veces más lo deberá perder hasta encontrarlo.

Las olas del río intentan un murmullo indescifrable.

FIN

Mientras tanto el cuaderno sigue pudriéndose en el Cinturón Ecológico. Todo su contenido no es más que un recuerdo, que con el tiempo también se desvanecerá.